W0291209

Jack London

L'Appel sauvage (1903)

Traduction Frédéric Klein © Éditions Phébus

Texte intégral

LE DOSSIER

Un roman d'aventures et d'apprentissage

L'ENQUÊTE

La ruée vers l'or

Notes et dossier
Nunzio Casalaspro
agrégé de lettres modernes

Collection dirigée par
Bertrand Louët

Hatier

Sommaire

OUVERTURE

Chercheur d'or à la batée.

ISBN : 978-2-218-93969-3

L'Appel sauvage

* Tous les mots suivis d'un * sont expliqués dans le lexique p. 188.

Qui sont les personnages ?

Les personnages principaux

BUCK

D'une force exceptionnelle, le chien Buck est né du croisement entre un énorme saint-bernard, Elmo, et un chien berger écossais, Shep. Il vit d'abord comme un seigneur dans la propriété du juge Miller, à Santa-Clara, dans les régions du Sud, avant d'être arraché à sa quiétude par Manuel, l'assistant-jardinier, qui l'enlève et le vend. Buck mènera désormais la vie d'un chien de traîneau dans le Grand Nord canadien. Avant de retourner à la vie sauvage des loups.

LES COMPAGNONS DE BUCK

C'est en compagnie de **Curly**, **Spitz**, **Dave**, **Billie**, **Joe** et **Sol-Leks** que Buck va découvrir la vie de chien de traîneau. Parmi eux, il faut distinguer Spitz, le leader de l'attelage, avec qui Buck entrera en rivalité.

Les personnages secondaires

LE JUGE MILLER : premier maître de Buck, il a deux filles, Mollie et Alice, et deux chiens, Toots et Ysabel.

LES MAÎTRES DE BUCK

L'homme au gilet rouge : brutal et sans pitié, il dresse Buck au gourdin.

Perrault et François : ces deux Franco-Canadiens seront les premiers maîtres de Buck dans le Grand Nord. Avec eux, le héros livrera le courrier aux chercheurs d'or à Dawson.

John Thornton : ce bûcheron canadien est le dernier maître de Buck. Il sauve la vie du chien, est sauvé par lui puis assassiné par des Indiens Yeehats.

LE MÉTIS ÉCOSSAIS :
c'est à lui que Perrault et François confient Buck pour continuer à livrer le courrier en Alaska.

HAL, CHARLES et MERCEDES :
apprentis chercheurs d'or, ils épuiseront Buck et ses compagnons d'attelage. Ils périssent tous les trois avec leur attelage dans la crevasse d'un lac gelé.

Quelle est l'histoire ?

Les circonstances

L'histoire commence à l'automne 1897, lors de la découverte de gisements d'or dans le Klondike. Le pays s'enflamme et les candidats au voyage se comptent par milliers. Mais la route pour accéder au précieux métal est difficile, qui traverse les plaines et les montagnes glaciales du Nord-Ouest canadien. Aussi les chiens de traîneaux robustes sont-ils très recherchés, ce qui explique le vol de Buck.

L'action

1. Volé, puis dressé avec brutalité par un homme au gilet rouge, Buck découvre la dure vie de chien de traîneau dans le Grand Nord canadien.

2. Buck apprend vite, mais la rivalité s'installe avec Spitz, le chien leader de l'attelage. Un jour, Buck le tue dans un combat sanglant et s'impose comme chef aux autres chiens.

Le but

Dans *L'Appel sauvage*, roman d'aventures sur le Grand Nord, London a créé un personnage légendaire, le chien Buck, dont la vie est bouleversée par la ruée vers l'or. À travers Buck, le lecteur découvre la brutalité de l'homme et la violence du monde sauvage.

3. Après avoir eu plusieurs maîtres, Buck est sauvé par John Thornton, en compagnie duquel il accomplit de nombreux exploits, et se rend célèbre dans tout le pays.

4. Cependant, l'appel de ses frères sauvages, les loups, retentit toujours et de plus en plus fort aux oreilles de Buck.

Qui est l'auteur ?

Jack London (1876-1916)

• DE LA VIE AVENTUREUSE...

Né le 12 janvier 1876 à San Francisco, Jack London exerce dès son adolescence mille métiers pour gagner sa vie : ouvrier, pilleur d'huîtres, chasseur de phoques, cheminot... Adolescent vagabond, il connaîtra même la prison. Prospecteur malheureux, il va participer à la ruée vers l'or dans le Klondike canadien.

• ... À LA LITTÉRATURE

Mais le jeune homme a aussi découvert les livres, qu'il dévore en autodidacte. Sa vocation désormais, après une vie d'errance et d'aventure ? La littérature. London commence par écrire des nouvelles, d'abord refusées par tous les journaux. Et puis le succès vient. Et lorsqu'il arrive, il est énorme : *L'Appel sauvage*, ou *L'Appel de la forêt*, se vendra à des millions d'exemplaires.

• UNE MORT PRÉCOCE, À L'ÂGE DE 40 ANS

L'or qu'il a rapporté du Grand Nord, c'est donc l'aventure vécue et les témoignages recueillis dans les bars, d'où London tire la matière de ses livres. Mais dans les bars, il découvre aussi la boisson. Alcoolique, malade, il meurt prématurément dans son ranch californien en 1916, après avoir milité pour le socialisme, donné des conférences et travaillé d'arrache-pied chaque matin à construire une œuvre qui compte des dizaines d'ouvrages, dont le fameux *Croc-blanc* (1906).

VIE DE JACK LONDON	**1876** Naissance à San Francisco	**1893** Janvier : s'embarque comme mousse	**1894** Reprend ses études. Se passionne pour le socialisme. Écrit des nouvelles et des articles, sans succès	**1897** Quitte l'université. Part pour le Klondike avec les chercheurs d'or en jui
HISTOIRE ET LITTÉRATURE	**1848** Première ruée vers l'or en Californie	**1856** Poe, *Histoires extraordinaires*, traduites par Baudelaire	**1861-1865** Guerre de Sécession entre les États du Nord et ceux du Sud, provoquée par la question de l'esclavage des Noirs	**1863** Bataille de Gettysburg, victoire décisive des nord sur les sudistes

ʔue se passe-t-il à l'époque ?

Sur le plan politique

• LE TEMPS DES CONQUÊTES

Les États-Unis sortent de la guerre de Sécession qui, de 1861 à 1865, a opposé 23 États du Nord à 11 États du Sud. La victoire du Nord précipite la fin de l'esclavage. La conquête de l'Ouest, commencée au XIXe siècle, se poursuit, au détriment des Indiens, bientôt cantonnés dans des réserves.

• L'ESSOR D'UNE PUISSANCE MONDIALE

Le pays s'industrialise rapidement : entre 1860 et 1890, la production industrielle est multipliée par onze. Les villes se développent : durant cette période, New York compte déjà 1,5 million d'habitants. Autre fait remarquable, l'immigration : entre 1860 et 1915, 30 millions d'immigrants arrivent aux États-Unis. D'abord anglo-saxons et scandinaves, ce sont ensuite les slaves et les latins qui veulent profiter du rêve américain et faire fortune.

Dans le domaine des lettres

• D'UNE LITTÉRATURE COLONIALE…

Parce que les États-Unis ont d'abord été constitués de colonies britanniques implantées dans l'Est du pays, la littérature américaine, au XVIIIe siècle, commence par copier la littérature anglaise.

• … À UNE LITTÉRATURE AMÉRICAINE

L'essor d'une littérature originale se fait au XIXe siècle : s'il fallait lui chercher des pères, on pourrait nommer Edgar Poe (1809-1849), Nathaniel Hawthorne (1804-1864), James Fenimore Cooper (1789-1851) et *Le Dernier des Mohicans* (1826), mais aussi Herman Melville (1819-1891) et son fameux *Moby Dick* (1851). Sans oublier Mark Twain, qui publie *Les Aventures de Tom Sawyer* en 1876, l'année même de la naissance de London.

'03 *ppel sauvage* remporte grand succès	**1904** *Le Loup des mers.* Correspondant de presse en Extrême-Orient	**1906** *Croc-Blanc*	**1909** *Martin Eden*	**1916** Meurt dans son ranch de Californie

'65 olition l'esclavage x États-Unis	**1876** Mark Twain, *Les Aventures de Tom Sawyer*	**1897** Seconde ruée vers l'or dans le Klondike, au Canada	**1901** Th. Roosevelt, républicain, élu président des États-Unis	**1912** Wilson, démocrate, élu à la présidence	**1914** Première Guerre mondiale. Neutralité des États-Unis jusqu'en avril 1917

SMITH

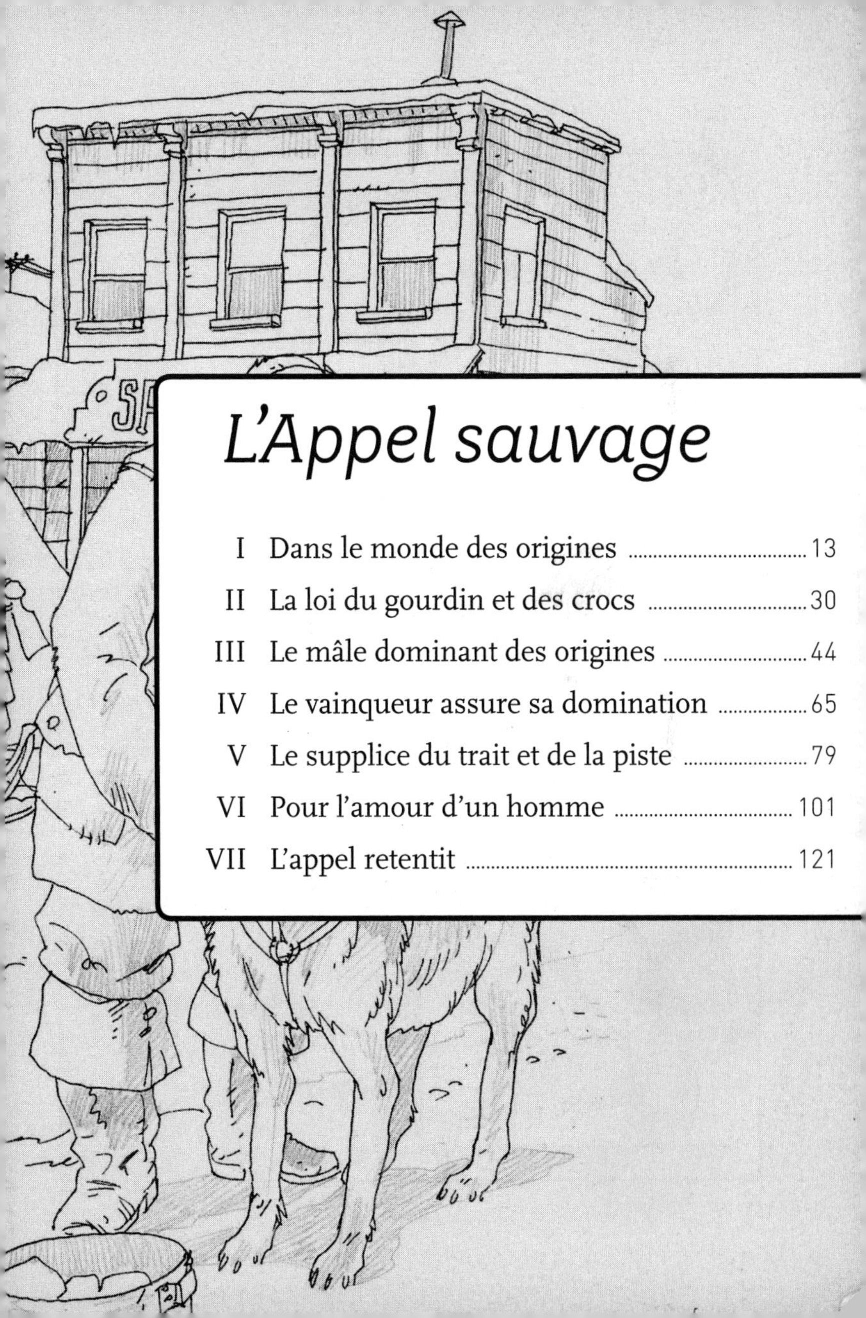

L'Appel sauvage

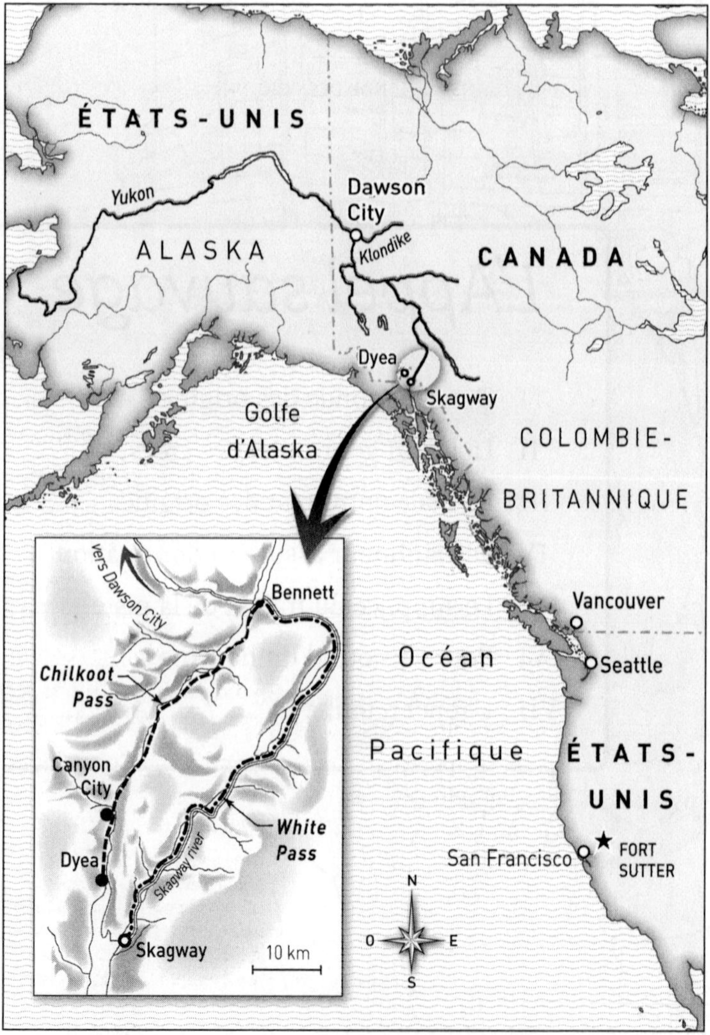
ÉTATS-UNIS
Yukon
ALASKA
Dawson
City
Klondike
CANADA
Dyea
Skagway
Golfe
d'Alaska
COLOMBIE-
BRITANNIQUE
vers Dawson City
Bennett
Chilkoot
Pass
Canyon
City
Dyea
White
Pass
Skagway river
Skagway
10 km
Vancouver
Océan
Seattle
Pacifique
ÉTATS-
UNIS
San Francisco
FORT
SUTTER
N
O
E
S

I

DANS LE MONDE DES ORIGINES

Les antiques désirs nomades
Secouent l'habitude et sa chaîne ;
S'éveillant d'un sommeil maussade,
L'instinct sauvage nous entraîne.

Buck ne lisait pas les journaux, sinon il aurait su que cela risquait de barder[1], pas seulement pour lui, mais pour tous les chiens de la côte, à forte musculature et à longs poils chauds, du détroit de Puget à San Diego. Des hommes, qui cherchaient à l'aveuglette dans les ténèbres arctiques, avaient découvert un métal jaune, et des compagnies de paquebots et de navigation claironnaient la trouvaille : voilà pourquoi des milliers d'êtres humains se ruaient vers les terres du Nord●. Or ces hommes voulaient des chiens, et ce dont ils avaient besoin, c'étaient de chiens robustes, avec des muscles forts pour supporter les travaux pénibles et des pelages épais pour se protéger du gel.

1. **Barder** : devenir grave, sérieux (familier).

● **Il s'agit du Yukon, territoire du Nord-Ouest canadien draîné par le fleuve du même nom. En 1896 la découverte de pépites d'or dans le Klondike, affluent du Yukon, va attirer des milliers d'émigrants dont la plupart n'ont aucune expérience du Grand Nord.**

Buck vivait dans une grande maison de la vallée ensoleillée de Santa Clara. La propriété du juge Miller, c'est ainsi qu'on l'appelait. Elle était située à l'écart de la route, à demi cachée par un rideau d'arbres laissant entrevoir la large et fraîche véranda qui en faisait tout le tour. On approchait de cette maison par des allées couvertes de gravier qui serpentaient au milieu de vastes pelouses et qu'ombrageaient les branches entrecroisées de hauts peupliers. À l'arrière, on avait même vu encore plus grand que sur le devant. Il y avait de spacieuses écuries, où s'affairaient une douzaine de valets et de garçons, des maisonnettes alignées et couvertes de vigne réservées aux domestiques et, à perte de vue, des remises bien en ordre, de grands arbres fruitiers, de verts pâturages, des vergers et des carrés de baies. Puis il y avait l'installation de pompage pour le puits artésien[1], et la grande citerne en ciment où les fils du juge Miller plongeaient chaque matin et se tenaient au frais dans la chaleur de l'après-midi.

Or, sur ce grand domaine, régnait Buck. C'est là qu'il était né et qu'il avait passé les quatre années de son existence. À vrai dire, on y trouvait d'autres chiens. Il y en avait forcément d'autres sur un si vaste espace, mais ils ne comptaient pas. Ils allaient et venaient, logeaient dans les chenils[2] bondés ou menaient une vie obscure dans les recoins de la maison, comme Toots, le carlin[3] japonais, ou Ysabel, la chienne mexicaine sans poils – étranges créatures qu'on voyait rarement mettre le nez dehors ou marcher sur le sol. D'autre part, il y avait les fox-terriers[4], une vingtaine au moins,

1. **Puits artésien** : puits où l'eau jaillit spontanément, sans qu'on ait besoin de creuser.
2. **Chenils** : abris pour les chiens.
3. **Carlin** : petit chien d'intérieur.
4. **Fox-terriers** : chiens de chasse.

Buck chez le juge Miller.
Illustration de 1903.

qui jappaient de timides menaces à Toots et à Ysabel quand ils les regardaient par les fenêtres, protégés par une légion de femmes de chambre armées de balais et de serpillières. Mais Buck, lui, n'était ni un chien d'intérieur ni un chien de chenil. Le domaine entier lui appartenait. Il plongeait dans la citerne de bains ou partait à la chasse avec les fils du juge ; il escortait ses filles, Mollie et Alice, dans leurs longues randonnées du crépuscule et du petit matin ; les soirs d'hiver, il restait couché aux pieds du juge, devant le feu de la bibliothèque qui ronflait ; il portait ses petits-fils sur son dos ou bien les faisait rouler dans l'herbe et surveillait leurs pas, au cours d'équipées aventureuses qui les menaient jusqu'à la fontaine, dans la cour de l'écurie, et même au-delà, vers les paddocks[1] et les carrés de baies. Au milieu des fox-terriers, il prenait un air impérieux ; quant à Toots et à Ysabel, il les ignorait totalement, car il était roi – roi de toutes les créatures qui marchaient, rampaient ou volaient dans la propriété du juge Miller, êtres humains compris.

Son père, Elmo, un énorme saint-bernard, avait été l'inséparable compagnon du juge, et Buck semblait destiné à assumer sa succession. Il n'était pas aussi grand – il pesait seulement cent quarante livres[2] – car il tenait aussi de sa mère, Shep, un chien berger écossais. Néanmoins ces cent quarante livres, auxquelles s'ajoutait la dignité liée à une vie de bien-être et à un respect général, lui permettaient d'arborer[3] un maintien vraiment royal. Pendant les quatre années qui s'étaient écoulées depuis sa naissance, il avait vécu l'existence d'un aristocrate repu[4] ; il se montrait très fier de lui, et même un peu égocentrique[5], comme finissent souvent par l'être les hobereaux[6] de campagne, du fait de leur situation d'isolement Mais il avait sauvé l'honneur en ne devenant pas simplement le chouchou de la maison. La chasse et les joies familiales en plein air avaient limité son embonpoint et durci ses muscles ; et comme il appartenait à une race de bêtes

1. **Paddocks** : enclos pour les chevaux.
2. **Livre** : une livre équivaut à 500 g.
3. **Arborer** : montrer, faire étalage.
4. **Repu** : qui a satisfait sa faim, dont les besoins sont remplis.
5. **Égocentrique** : tourné vers soi, qui se prend pour centre d'intérêt.
6. **Hobereaux** : personnes de petite noblesse vivant sur leurs terres.

qui apprécient l'eau froide, son goût des bains glacés l'avait fortifié et avait préservé sa santé.

Voilà donc quel était le chien Buck à l'automne 1897, lorsque la découverte du gisement du Klondike attira dans le Nord glacé des hommes venus du monde entier. Mais Buck ne lisait pas les journaux, et il ne savait pas non plus que Manuel, l'un des assistants du jardinier, était une fréquentation peu recommandable. Ce Manuel avait un très grand défaut : il adorait jouer à la loterie chinoise. En outre, dans sa passion du jeu, il faisait preuve d'une très grande faiblesse : il croyait en un système ; et c'est ce qui le condamnait irrémédiablement. Car l'utilisation d'une martingale[1] exige de l'argent, alors que les gages d'un aide-jardinier ne parviennent pas à satisfaire les besoins d'une épouse et d'une nombreuse progéniture.

Le juge assistait à une réunion de l'Association des producteurs de raisin sec et les garçons étaient occupés à monter un club d'athlétisme lors de cette nuit mémorable où Manuel commit sa traîtrise. Personne ne le vit sortir avec Buck par le verger – Buck croyait simplement faire une petite promenade. À l'exception d'un homme solitaire, personne ne les vit arriver à la petite halte ferroviaire connue sous le nom de College Park. Cet homme parla avec Manuel, et on entendit tinter des pièces de monnaie.

– Vous pourriez emballer la marchandise avant de la livrer, déclara l'étranger d'un ton bourru, et Manuel, avec une grosse corde, fit un double tour au cou de Buck, en dessous du collier.

1. **Martingale** : technique permettant d'augmenter les chances de gain au jeu.

– Tordez-la, ça suffira à l'étrangler, dit Manuel – et l'étranger approuva en grommelant.

Buck avait accepté la corde avec une dignité tranquille. À coup sûr, c'était un événement inhabituel, mais il avait appris à faire confiance aux hommes qu'il connaissait, et à leur reconnaître une sagesse supérieure à la sienne. Mais quand l'extrémité de cette corde se retrouva dans les mains de l'étranger, il se mit à pousser des grognements menaçants. Il avait simplement manifesté son mécontentement, car il croyait, dans son orgueil, qu'il suffisait de le manifester pour être obéi. Mais, à sa grande surprise, la corde se resserra autour de son cou et lui coupa le souffle. Pris d'une rage subite, il se jeta sur l'homme, qui l'arrêta dans son élan, le saisit près de la gorge et, d'une torsion adroite, le renversa sur le dos. Alors la corde se resserra encore plus impitoyablement ; Buck, furieux, avait beau se débattre, sa langue pendait et sa vaste poitrine haletait en vain. Jamais au cours de sa vie il n'avait été traité d'une manière aussi ignoble, et jamais non plus il n'avait été aussi en colère. Mais ses forces déclinèrent, ses yeux devinrent vitreux et il avait perdu conscience quand le train s'arrêta au signal des deux hommes, qui le jetèrent dans le fourgon à bagages.

Lorsqu'il reprit ses esprits, il se rendit vaguement compte que sa langue lui faisait mal et qu'il se faisait secouer dans une espèce de véhicule. Le hurlement rauque de la locomotive donnant un coup de sifflet à un passage à niveau lui apprit où il était. Il avait voyagé trop souvent avec le juge pour ne pas reconnaître les sensations que l'on éprouve en circulant dans un fourgon à bagages. Il ouvrit des yeux où l'on aurait pu lire la colère irrépressible d'un roi victime d'un kidnapping. L'homme lui sauta à la gorge, mais

Buck se montra trop rapide pour lui. Ses mâchoires se refermèrent sur sa main, et leur étreinte ne se relâcha pas avant qu'il eût une fois de plus perdu conscience.

– Ouais, il a ses crises, fit l'homme, en cachant sa main estropiée au bagagiste attiré par les bruits de lutte. J'le monte à Frisco[1] pour le patron. Y a là-bas un véto[2] de première qui pense pouvoir le guérir.

À propos de cette nuit de voyage, l'homme plaida sa cause avec des trésors d'éloquence, dans une petite cabane située à l'arrière d'un saloon, sur le front de mer de San Francisco.

– J'touche cinquante[3] pour ça, rien de plus, bougonna-t-il, et j'recommencerais pas pour mille, payés comptant.

Il tenait sa main enveloppée dans un mouchoir sanguinolent, et la jambe droite de son pantalon était déchirée du genou à la cheville.

– Combien il a touché, l'autre voyou ? demanda le patron.

– Cent, répondit-il. I'voulait pas un sou d'moins, j'te jure !

– Ça fait cent cinquante, calcula le patron, et il[4] les vaut, ou alors je suis un imbécile. Le ravisseur défit le pansement ensanglanté et regarda sa main lacérée[5].

– Si j'attrape pas la rage...

– ... c'est que t'es bon pour la potence, ricana le patron. Allez, donne-moi un coup de main avant de partir, ajouta-t-il.

Hébété[6], endurant des souffrances intolérables à la gorge et à la langue, à moitié étouffé, Buck tenta de faire face à ses tortionnaires.

1. **Frisco** : pour San Francisco (langage populaire).
2. **Véto** : abréviation de vétérinaire.
3. Cinquante dollars.
4. **Il** : renvoie à Buck.
5. **Lacérée** : mise en pièces.
6. **Hébété** : abruti.

« L'autre voyou » désigne Manuel, l'aide-jardinier qui a kidnappé Buck.

Mais à chaque fois il fut jeté à terre et étranglé, jusqu'à ce qu'ils réussissent à limer le lourd collier de cuivre et à l'ôter de son cou. Alors on lui enleva sa corde, et on le jeta dans une caisse qui ressemblait à une cage.

C'est là qu'il resta étendu tout le reste de cette nuit épuisante, à ruminer son courroux[1] et son orgueil blessé. Il ne pouvait comprendre ce que tout cela signifiait. Que voulaient-ils de lui, ces hommes bizarres ? Pourquoi le gardaient-ils enfermé dans cette caisse étroite ? Il ne savait pourquoi, mais il se sentait vaguement oppressé par le sentiment d'un désastre imminent●. Plusieurs fois au cours de la nuit, il bondit sur ses pattes quand la porte de la cabane s'ouvrait bruyamment : il espérait voir arriver le juge, ou du moins ses fils. Mais chaque fois ce fut le visage bouffi du patron qui le regardait à la lueur blafarde[2] d'une chandelle. Et chaque fois l'aboiement joyeux qui tremblait dans la gorge de Buck se transforma en grognement sauvage. Enfin le patron du bar le laissa seul, et au matin quatre hommes entrèrent et soulevèrent la caisse. De nouveaux persécuteurs, songea Buck, car c'étaient des individus patibulaires[3], vêtus de haillons et tout débraillés ; et il fulmina de rage contre eux à travers les barreaux. Ils se contentèrent de rire et de l'agacer avec des bâtons qu'il attaqua aussitôt avec ses dents, jusqu'au moment où il se rendit compte que c'était ce qu'ils souhaitaient. Alors il se coucha d'un air maussade, ce qui permit de hisser la caisse sur une charrette. Puis, dans cette caisse qui le retenait prisonnier, il passa par de nombreuses mains. Des

1. **Courroux** : colère.
2. **Blafarde** : pâle.
3. **Patibulaires** : inquiétants, sinistres.

● **Buck pressent que sa vie douillette à Santa Clara est terminée et qu'il va devoir découvrir en lui, pour survivre, une force inconnue.**

employés, dans le bureau d'une compagnie, le prirent en charge ; on le transféra sur une autre charrette ; un camion le mena, accompagné d'un assortiment de boîtes et de colis, sur un ferry à vapeur ; il fut encore conduit en camion de ce ferry jusqu'à un grand dépôt ferroviaire, et finalement installé dans un fourgon express.

Pendant deux jours et deux nuits, ce fourgon fut tiré par des locomotives hurlantes ; et pendant ces deux jours et ces deux nuits Buck ne mangea ni ne but. Dans sa colère, il avait accueilli les premières avances des employés de l'express avec des grognements, et ils s'étaient vengés par des taquineries. Quand il se jetait contre les barreaux, frémissant et écumant, ils se moquaient de lui et l'accablaient de railleries. Ils grognaient et aboyaient comme des chiens méchants, miaulaient, battaient des bras ou poussaient des cocoricos. Tout cela était complètement stupide, il le savait ; mais plus sa dignité subissait d'outrages, plus sa colère augmentait. La faim ne le gênait pas trop, mais la soif le faisait cruellement souffrir et mettait le comble à sa fureur. D'ailleurs, comme il était très nerveux et d'une sensibilité délicate, les mauvais traitements l'avaient mis dans un état fiévreux qu'entretenait l'inflammation de sa gorge et de sa langue desséchées et gonflées.

Il n'avait qu'un motif de satisfaction : on avait enlevé la corde de son cou. Elle leur avait donné sur lui un avantage déloyal ; mais maintenant qu'il ne l'avait plus, il allait leur faire voir. Plus jamais ils ne lui passeraient une autre corde autour du cou. Sur ce point, il se montrait résolu. Pendant ces deux jours et ces deux nuits de torture où il ne mangea ni ne but, il accumula une réserve d'agressivité qui était de mauvais augure pour le premier qui lui chercherait querelle. Ses yeux s'injectaient de sang, et il se métamorphosait en monstre enragé. Il avait tellement changé que le juge lui-même ne l'aurait pas reconnu ; et les employés de l'express respirèrent de soulagement lorsqu'ils le firent descendre du train à Seattle•.

Quatre hommes sortirent la caisse de la charrette et la transportèrent avec précaution dans une petite cour retirée qu'entouraient de hauts murs. Un individu corpulent[1], vêtu d'un gilet rouge très échancré au niveau du cou, apparut et signa le registre pour le conducteur. Voilà l'homme, devina Buck, le prochain persécuteur, et il se rua sauvagement contre les barreaux. Cet homme, avec un sourire sardonique[2], apporta une hachette et un gourdin.

– Tu vas pas le faire sortir maintenant ? demanda le conducteur.

– Sûr que si, répliqua l'homme, qui introduisit la hachette dans la caisse en lui imprimant un mouvement de levier.

Les quatre individus qui avaient assuré le transport se dispersèrent instantanément, se perchèrent au sommet du mur pour se mettre en sécurité, puis se disposèrent à regarder le spectacle.

Buck se précipita sur le bois qui volait en éclats, y enfonça les crocs, se rua comme s'il luttait contre lui. Partout où la hachette frappait à l'extérieur, il se trouvait là à l'intérieur, grognant et montrant les dents ; il était plein de fureur et manifestait autant

1. **Corpulent** : gros.
2. **Sardonique** : froid et méchant.

• **Seattle, situé à proximité de Tacoma, terminus du chemin de fer qui traverse le continent américain, est le grand port de la côte nord-ouest des États-Unis, d'où partent le matériel et les vivres pour les terres du Grand Nord.** **Voir carte p. 12.**

Le dressage de Buck.
Dessin de J.-L. Beuzon
pour Le Journal des Voyages, *1906.*

d'impatience à sortir que l'homme au gilet rouge montrait de calme et de détermination pour l'y autoriser.

– Eh bien ! diable aux yeux rouges ! déclara-t-il quand il eut ménagé une ouverture suffisante pour laisser s'échapper Buck.

Au même instant, il laissa tomber la hachette et fit passer le gourdin dans sa main droite.

Et, véritablement, Buck était un démon aux yeux rouges : il se ramassa sur lui-même pour bondir, le poil hérissé, la gueule écumante, un éclair de folie dans ses yeux injectés de sang. Il lança droit sur l'homme ses cent quarante livres de fureur, multipliées par la colère contenue de deux jours et deux nuits. Mais en plein élan, juste au moment où ses mâchoires allaient se refermer sur lui, il reçut un choc qui l'immobilisa et fit s'entrechoquer ses dents dans un spasme[1] atroce. Il tournoya sur lui-même, et se retrouva à terre sur le dos. Jamais au cours de sa vie il n'avait été frappé par un gourdin, et il ne comprenait pas. Avec un grondement féroce qui tenait de l'aboiement et plus encore du cri, il se remit sur ses pattes et se projeta en avant. De nouveau ce fut le choc, et il alla s'écraser sur le sol. Cette fois-ci, il se rendit compte que c'était le gourdin, mais sa fureur ne connaissait aucune prudence. Il chargea une douzaine de fois, et à chacune le gourdin brisa l'assaut et le renversa.

Après un coup particulièrement violent, il se traîna sur ses pattes, trop abasourdi[2] pour bondir encore. Il titubait, boitait ; du sang coulait de son nez, de sa gueule, de ses oreilles ; son beau poil était éclaboussé et taché de bave sanglante. Alors l'homme s'avança et lui assena volontairement un coup effroyable sur le museau. Toutes les souffrances qu'il avait endurées n'étaient rien, comparées à cette torture aiguë. Avec un rugissement si féroce qu'on l'aurait presque cru poussé par un lion, il se jeta de nouveau sur l'homme. Mais lui, faisant passer le gourdin de sa main droite à sa main gauche, l'attrapa calmement par la mâchoire inférieure, qu'il tira avec violence à la fois vers le bas et vers l'arrière. Buck effectua un tour complet dans les airs, puis encore un demi-tour, et s'écrasa au sol sur la tête et la poitrine.

1. **Spasme** : contraction, convulsion.
2. **Abasourdi** : étourdi.

Pour la dernière fois il s'élança. L'homme donna alors le coup astucieux qu'il avait retenu exprès pendant tout ce temps, et Buck s'effondra pour de bon, assommé, totalement sans connaissance.

– C'est pas un empoté pour mater un chien, voilà ce que j'en dis, s'écria un des hommes perchés sur le mur d'une voix enthousiaste.

– J'aimerais mieux mater des canassons[1] sauvages tous les jours, et deux fois le dimanche, répliqua le conducteur, tout en grimpant sur la charrette et en faisant partir les chevaux.

Buck reprit ses esprits, mais sa force l'avait abandonné. Il restait étendu là où il était tombé, et il observait l'homme au gilet rouge.

– I'répond au nom de Buck – l'homme parlait tout seul, répétant ce qu'il lisait dans la lettre du patron du saloon qui lui annonçait l'envoi de la caisse et son contenu. Eh bien, Buck, mon garçon, poursuivit-il d'une voix douce, nous avons eu notre petite dispute, et le mieux qu'on puisse faire, c'est d'en plus parler. Tu as appris à tenir ta place, et je connais la mienne. Si tu es un bon chien, tout ira bien et ce sera le meilleur des mondes. Si tu fais le vilain, je te mettrai encore une bonne raclée. Compris ?

Tout en parlant, il caressait sans crainte cette tête qu'il avait frappée de façon si impitoyable ; le poil de Buck se hérissait involontairement au contact de cette main, mais il le supporta sans protester. Quand l'homme lui apporta de l'eau, il la but avec avidité ; plus tard, il avala même dans sa main un copieux repas de viande crue, morceau après morceau.

1. **Canassons** : chevaux (terme péjoratif).

Il était battu, il le savait ; mais il n'était pas brisé. Il sut, une fois pour toutes, qu'il n'avait aucune chance contre un homme armé d'un gourdin. Il avait appris la leçon, et de toute sa vie ultérieure il ne l'oublia jamais. Ce gourdin fut une révélation. Il constituait son premier contact avec la loi des origines, et ce contact avait eu lieu à mi-vie. La réalité de l'existence lui apparut sous un jour plus féroce ; mais il l'affrontait sans se laisser intimider, et toute la ruse latente[1] de sa nature se réveillait. Les jours passaient : d'autres chiens arrivaient, dans des cages ou tirés par des cordes ; certains se laissaient docilement conduire, d'autres hurlaient de rage comme lui ; et, l'un après l'autre, il les regardait se soumettre à la domination de l'homme au gilet rouge. À chaque nouvelle fois qu'il assistait à l'un de ces spectacles brutaux, la leçon se gravait dans l'esprit de Buck : un homme armé d'un gourdin faisait la loi, c'était un maître auquel on devait obéir, mais sans forcément faire preuve de servilité[2]. De ce défaut-là, Buck ne se rendit jamais coupable, alors qu'il voyait des chiens battus faire fête à l'homme, remuer la queue et lécher sa main. Il vit aussi un chien qui ne voulait ni se soumettre ni obéir, et qui fut finalement mis à mort dans ce combat pour la suprématie[3].

De temps en temps arrivaient des hommes, des étrangers, qui parlaient d'une voix excitée ou pateline[4], et de toutes sortes de manières, à l'homme au gilet rouge. Dans de tels moments l'argent passait de main en main, et les étrangers emmenaient un ou plusieurs chiens avec eux. Buck se demandait où ils

1. **Latente** : secrète, cachée.
2. **Servilité** : soumission excessive.
3. **Suprématie** : domination.
4. **Pateline** : doucereuse.

allaient, car ils ne revenaient jamais ; mais il ressentait vivement la crainte de l'avenir, et il était content, à chaque fois, de n'être pas choisi.

Pourtant, son tour finit par arriver, sous les traits d'un petit homme au visage ratatiné qui crachait des postillons et s'exprimait en mauvais anglais, avec beaucoup d'exclamations grossières et bizarres que Buck ne pouvait comprendre.

– Crédieu ! s'écria-t-il, et son regard s'alluma quand il se posa sur Buck. V'là une sacrée brute de chien ! Eh ? Combien ?

– Trois cents, et c'est un cadeau, répondit aussitôt l'homme au gilet rouge. Vu que c'est l'argent du gouvernement, tu n'as aucune raison de te plaindre, hein, Perrault ?

Perrault fit un grand sourire. Étant donné que le prix des chiens avait atteint des sommets vertigineux à cause de la demande inhabituelle, ce n'était pas une somme exorbitante pour un aussi bel animal. Le gouvernement canadien ne serait pas perdant, et ses dépêches n'en circuleraient que plus vite. Perrault connaissait les chiens ; en observant Buck, il sut qu'il n'y en avait pas un sur mille comme lui. Pas un sur dix mille, se disait-il en lui-même.

Buck vit l'argent passer de main en main, et il ne fut pas surpris quand il fut emmené avec Curly, un terre-neuve[1] facile à vivre, par le petit homme tout ridé. Ce fut la dernière vision qu'il eut de l'individu au gilet rouge, et lorsque Curly et lui regardèrent s'éloigner Seattle du pont du *Narwhal*, ce fut aussi la dernière vision qu'il emporta des chaudes terres du Sud. Perrault descendit les

1. **Terre-neuve** : gros chien à poils longs, originaire de l'île du même nom.

deux chiens dans l'entrepont, et les confia à un géant noir appelé François. Perrault était un Franco-Canadien, au teint basané[1] ; mais François était un métis franco-canadien, et deux fois plus basané que lui. C'était un nouveau type d'hommes pour Buck (qui allait en voir bien d'autres de la sorte), et tout en leur refusant son affection, il finit néanmoins par les respecter sincèrement. Il comprit vite que Perrault et François étaient des hommes justes, calmes, impartiaux dans leur manière de rendre la justice, et trop avisés en ce qui concernait les chiens pour se laisser duper[2] par eux.

Sur l'entrepont du *Narwhal*, Buck et Curly rejoignirent deux autres bêtes. L'une était un gros animal du Spitzberg[3], blanc comme neige, qui avait été ramené par un capitaine baleinier, et avait accompagné plus tard une expédition géologique dans les Barrens[4]. Son allure amicale cachait un caractère traître ; tandis qu'il souriait, il méditait quelque tour en sous-main – par exemple, lorsqu'il vola la pitance[5] de Buck au cours du premier repas. Comme Buck bondissait pour le punir, le coup de fouet de François claqua dans l'air, et atteignit le coupable en premier ; Buck n'eut plus qu'à récupérer l'os. C'était chic de la part de François, pensa-t-il, et les métis commencèrent à monter dans son estime.

L'autre chien ne fit pas d'avances ni n'en reçut ; et lui n'essaya pas de voler les nouveaux venus. C'était une bête lugubre et morose, et il montra clairement à Curly qu'il n'avait qu'un désir,

1. **Basané** : hâlé, bronzé.
2. **Duper** : tromper.
3. **Spitzberg** : archipel norvégien situé à l'est du Groenland dans l'océan Arctique.
4. **Barrens** : petit archipel du sud de l'Alaska.
5. **Pitance** : nourriture.

être laissé tranquille ; en outre, cela barderait si tel n'était pas le cas. Il s'appelait Dave ; il mangeait et dormait, ou bâillait entre-temps, et ne s'intéressait à rien, même quand le *Narwhal* traversa le détroit de la Reine-Charlotte et roula, tangua et rua comme s'il était possédé du démon. Alors que Buck et Curly, à moitié fous de peur, sentaient croître leur agitation, il redressa la tête d'un air contrarié, leur jeta un coup d'œil dépourvu de curiosité, bâilla, et finalement se rendormit.

Jour et nuit le bateau vibrait au rythme infatigable de l'hélice. Les journées avaient beau se ressembler énormément, il était évident, pour Buck, que le temps devenait de plus en plus froid. Finalement, un matin, l'hélice ne fit plus de bruit, et le *Narwhal* fut envahi par une excitation générale. Il le sentit, comme les autres chiens, et comprit qu'il y avait du changement dans l'air. François leur mit une laisse et les fit monter sur le pont. Au premier pas qu'il fit sur la surface toute froide, les pattes de Buck s'enfoncèrent dans une espèce de chose blanche détrempée qui ressemblait énormément à de la boue. Il fit un bond en arrière et grogna. Ce truc blanc continuait à tomber du ciel. Il se secoua, mais en reçut encore davantage sur le dos. Il le renifla avec curiosité, puis en goûta avec la langue. Cela piquait comme du feu, et l'instant d'après cela avait disparu. Buck restait perplexe. Il essaya encore, avec les mêmes résultats. Les hommes qui le regardaient se tordaient de rire, et il se sentit rempli de honte, sans savoir pourquoi, car c'était sa première neige.

II

La loi du gourdin et des crocs

Le premier jour de Buck sur la plage de Dyea ● ressembla à un cauchemar. Chaque heure fut remplie d'émotions fortes et de surprises. On l'avait arraché soudainement à la civilisation et jeté au cœur du monde originel. Ce n'était plus la vie oisive et ensoleillée, où l'on n'avait rien d'autre à faire qu'à paresser et à s'ennuyer. Ici, ni paix ni repos ; pas un moment de sécurité. Tout était confusion et action, et à chaque instant le corps et la vie étaient en péril. La vigilance permanente était une nécessité impérieuse ; car ces chiens et ces hommes n'étaient pas des chiens et des hommes de la ville. Ils étaient tous des sauvages, et ne connaissaient d'autre loi que celle du gourdin et des crocs.

Il n'avait jamais vu de chiens se battre comme ces créatures qui ressemblaient à des loups, et sa première expérience lui donna une leçon impossible à oublier. Il est vrai que ce fut une expérience indirecte, sinon il n'aurait pas survécu pour en tirer profit. C'est Curly qui en fut la victime. Ils campaient près du magasin de bois, lorsque, fidèle à sa manière amicale, elle fit des avances à un

● **Deux routes existent pour rejoindre le bassin aurifère du Klondike. L'une part de la plage de Dyea et emprunte la Chilkoot Pass, une piste glaciale située à plus de 1 000 m d'altitude. L'autre route part de la plage de Skagway et emprunte la White Pass (le Col blanc), moins élevée mais jalonnée de précipices et traversée de lits de rivières qui se transforment en patinoires l'hiver.** **Voir carte p. 12 et L'enquête p. 175.**

husky[1] qui avait la taille d'un loup adulte, mais n'était pas moitié aussi grand qu'elle. Il n'y eut aucun avertissement, juste un bond en avant pareil à un éclair, un claquement de dents métallique, un bond en arrière tout aussi rapide – et la tête de Curly se trouva fendue de l'œil à la mâchoire. C'était la façon de combattre propre aux loups : frapper et se retirer d'un bond ; mais cela n'en resta pas là. Trente ou quarante huskies accoururent sur place et formèrent un cercle attentif et silencieux autour des combattants. Buck ne comprenait pas cette détermination muette, ni leur empressement à se lécher les babines. Curly se rua sur son adversaire, qui frappa à nouveau et fit un bond de côté. Il amortit l'assaut suivant avec la poitrine, d'une manière spéciale qui la fit culbuter. Elle ne se remit jamais sur ses pattes. C'était ce que les huskies qui regardaient la scène attendaient. Ils refermèrent leur cercle sur elle, avec des grondements et des jappements féroces, et elle se trouva ensevelie, hurlant d'angoisse, sous la masse grouillante et hérissée de leurs corps.

Ce fut si soudain, si inattendu, que Buck en resta interdit. Il aperçut Spitz qui tirait sa langue écarlate, avec cette manière qu'il avait de rire ; et il vit François bondir en faisant tournoyer une hache au milieu de ces chiens en pagaille. Trois hommes armés de gourdins l'aidèrent à les disperser. Cela ne prit pas longtemps. Deux minutes après la chute de Curly, ses derniers assaillants furent chassés à coups de gourdin. Mais elle restait étendue, flasque et sans vie, dans la neige sanglante et piétinée, littéralement mise en pièces ; et le métis basané, debout au-dessus de son

1. **Husky** (pluriel : huskies) : chien vigoureux, au pelage beige et noir, capable de supporter des températures très basses, employé comme chien de traîneau par les peuples du Nord.

cadavre, lançait d'horribles jurons. Cette scène revint souvent troubler le sommeil de Buck. Donc c'était ainsi. Pas de fair-play. Une fois qu'on se trouvait à terre, c'en était fini. Eh bien, il veillerait à ne jamais tomber. Spitz tira à nouveau sa langue pour ricaner, et à compter de cet instant Buck conçut pour lui une haine acharnée et mortelle.

Avant d'avoir pu se remettre du choc causé par la fin tragique de Curly, il en subit un autre. François lui attacha sur le dos un ensemble de courroies et de boucles. C'était un harnais, comme il avait vu les palefreniers[1] en mettre aux chevaux chez le juge. Et on l'envoya au travail comme il avait vu les chevaux travailler : il devait tirer François sur un traîneau jusqu'à la forêt qui bordait la vallée, et revenir avec un chargement de bois pour le feu. Sa dignité était amèrement blessée qu'on l'employât ainsi comme animal de trait, mais il était trop sage pour se rebeller. Il s'attela à la tâche, plein de bonne volonté, et fit de son mieux, quoique tout lui parût nouveau et étrange. François était sévère et exigeait une obéissance immédiate, qu'il obtenait grâce à son fouet ; quant à Dave, en timonier[2] expérimenté, il mordait l'arrière-train de Buck chaque fois qu'il se trompait. Spitz était le chien de tête, lui aussi plein d'expérience, et comme il ne pouvait s'en prendre à Buck, il grognait de temps en temps de sévères reproches, ou pesait habilement sur les traits[3] pour le tirer dans la direction qu'il fallait. Buck apprenait facilement, et grâce aux leçons conjuguées de ses deux camarades et de

1. **Palefreniers** : personnes chargées de l'entretien des écuries et des chevaux.
2. **Timonier** : chacun des chiens attachés de part et d'autre du *timon* (longue pièce de bois attachée à l'avant du traîneau).
3. **Traits** : cordes, lanières servant à tirer le traîneau.

François, il fit des progrès remarquables. Avant leur retour au camp, il en savait assez pour s'arrêter quand on lui criait « ho », pour avancer quand on lançait « hue », pour virer large dans les courbes et s'écarter du timonier quand le chariot en pleine charge descendait la pente sur leurs talons.

– Trois très bons chiens, dit François à Perrault. C'Buck, i'tire comme un diable. J'lui apprends en un rien d'temps.

L'après-midi, Perrault, qui était pressé de se trouver sur la piste avec ses dépêches●, revint avec deux chiens supplémentaires. Billie et Joe, il les appelait, deux frères, tous deux de vrais huskies. Quoique fils de la même mère, ils étaient aussi différents que le jour et la nuit. Le seul défaut de Billie, c'était qu'il avait trop bon caractère ; Joe, exactement l'inverse : revêche, introverti[1], grondant sans arrêt, avec un regard malveillant. Buck les accueillit comme des camarades, Dave les ignora, et Spitz se mit à donner une bonne correction à l'un puis à l'autre. Billie remua la queue en signe d'apaisement, commença à courir lorsqu'il vit que cela ne servait à rien, et cria (mais toujours de manière apaisante) quand les dents acérées de Spitz lui ouvrirent le flanc. Quant à Joe, Spitz avait beau lui tourner autour de toutes les manières possibles, il pivotait sur ses talons pour l'affronter, la crinière hérissée, les oreilles pointant vers l'arrière ; ses babines tordues laissaient échapper des grondements, ses mâchoires s'entrechoquaient aussi vite qu'il pouvait les faire claquer, et ses yeux brillaient de façon diabolique – il paraissait l'incarnation de la peur agressive. Son allure était si terrifiante que Spitz fut contraint de renoncer à le

1. **Revêche** : d'un abord difficile, rude ; **introverti** : tourné vers soi.

● **Perrault est en effet employé comme porteur de courrier par le gouvernement canadien.**

punir ; mais, pour masquer son propre embarras, il se tourna vers l'inoffensif Billie, qui gémissait plaintivement, et le poursuivit jusqu'aux limites du camp.

Le soir, Perrault se procura un autre chien, un vieux husky, maigre et décharné, au visage balafré par les combats ; il avait un œil unique dont l'éclat témoignait d'une vaillance qui imposait le respect. On l'appelait Sol-leks, ce qui veut dire le Coléreux. Comme Dave, il ne demandait rien, ne donnait rien, n'attendait rien ; et quand il marchait d'un pas lent et ferme au milieu d'eux, même Spitz le laissait seul. Il avait une particularité que Buck eut la malchance de découvrir : il n'aimait pas se faire aborder sur son côté aveugle. Sans le vouloir, Buck se rendit coupable de cette offense, et il ne prit conscience de son indiscrétion que lorsque Sol-leks fondit sur lui à toute allure et lui entailla l'épaule de haut en bas, jusqu'à l'os, sur trois pouces. Depuis, Buck évita toujours ce côté aveugle, et il n'eut plus d'ennuis avec lui jusqu'au terme de leur camaraderie. Apparemment son unique ambition, comme celle de Dave, était qu'on le laissât tranquille ; cependant, ainsi que Buck devait l'apprendre plus tard, chacun d'eux en nourrissait une autre, bien plus essentielle.

Cette nuit-là, Buck dut faire face au grand problème du sommeil. La tente, éclairée par une bougie, brillait d'un éclat chaleureux au milieu de la plaine blanche ; mais quand, tout naturellement, il y pénétra, Perrault et François le bombardèrent tous deux de malédictions et d'ustensiles de cuisine, jusqu'à ce qu'il se remît de son accablement et prît honteusement la fuite dans le froid du dehors. Il soufflait un vent glacé qui le piquait durement et cinglait son épaule blessée de manière particulièrement douloureuse. Il se coucha sur la neige et essaya de dormir, mais le gel le força bientôt à se relever, tout frissonnant. Malheureux et inconsolable, il errait sans but parmi les nombreuses tentes, pour découvrir seulement que tous les endroits étaient aussi froids les uns que les autres. Çà et là, des chiens sauvages se ruaient sur lui, mais il hérissait le poil de son cou en grondant férocement (car il apprenait vite), et ils le laissaient poursuivre son chemin sans s'attaquer à lui.

Finalement une idée lui vint. Il allait retourner voir comment ses propres compagnons d'attelage se débrouillaient. À sa grande stupéfaction, ils avaient disparu. De nouveau il erra à leur recherche dans le grand camp, puis revint encore. Étaient-ils sous la tente ? Non, c'était impossible, sinon on ne l'aurait pas chassé. Alors, où pouvaient-ils se trouver ? La queue basse, le corps frissonnant, vraiment au comble du désespoir, il tournait sans but autour de la tente. Soudain la neige céda sous ses pattes de devant et il tomba. Quelque chose remua en dessous. Il fit un bond en arrière, son poil se hérissa et, saisi par la crainte de l'invisible et de l'inconnu, il se mit à gronder. Mais un petit jappement amical le rassura, et il revint poursuivre son investigation. Une bouffée d'air chaud lui monta aux naseaux, et là il aperçut Billie, enroulé douillettement en boule sous la neige. Celui-ci gémit pour l'apaiser, se tortilla et se mit à plat ventre afin de montrer sa bonne volonté et ses intentions pacifiques, et se risqua même, pour acheter la paix, à lécher le visage de Buck de sa langue chaude et humide.

Autre leçon. Donc c'était comme cela qu'ils faisaient, hein ? Avec assurance, Buck choisit un endroit et, au prix de beaucoup de difficultés et d'efforts inutiles, réussit à se creuser un trou. En un clin d'œil, la chaleur de son corps emplit l'espace confiné[1] et il s'assoupit. La journée avait été longue et pénible, et il dormit d'un sommeil profond et confortable, tout en grognant, en aboyant et en luttant contre de mauvais rêves.

Il n'ouvrit pas les yeux avant d'être tiré de son sommeil par les bruits du camp qui s'éveillait. D'abord, il ne reconnut pas où il était. Il avait neigé durant la nuit et il était complètement enseveli. Les murs de neige le coinçaient de chaque côté, et une intense vague de peur le submergea – la peur du piège qu'éprouve toute créature sauvage. C'était le signe qu'il retrouvait, au-delà de sa propre vie, les vies de ses ancêtres ; car il était un chien civilisé, trop civilisé ; sa propre expérience ne lui avait permis de connaître aucun piège, et il ne pouvait donc en avoir peur spontanément. Les muscles de son corps entier se contractèrent de manière spasmodique[2] et instinctive, le poil de son cou et de ses épaules se hérissa, et avec un grondement féroce il bondit droit en l'air vers le jour aveuglant, tandis que la neige volait autour de lui dans un nuage lumineux. Avant de retomber sur ses pattes, il vit le camp tout blanc qui s'étendait devant lui, reconnut l'endroit où il était et se rappela tout ce qui s'était passé depuis le moment où il était sorti faire un tour avec Manuel jusqu'au trou qu'il s'était creusé la nuit précédente.

Un cri de François salua sa réapparition.

– Qu'est-ce que j'disais ? s'écria le conducteur de traîneau à Perrault. C'Buck-là apprend vraiment vit' comm' tout !

1. **Confiné** : étroit.
2. **Spasmodique** : qui a les caractères du *spasme*, contraction involontaire des muscles.

Perrault approuva gravement d'un signe de tête. En tant que courrier du gouvernement canadien, porteur d'importantes dépêches, il tenait beaucoup à obtenir les meilleurs chiens, et l'acquisition de Buck le réjouissait particulièrement.

En une heure, trois huskies supplémentaires s'ajoutèrent à l'équipe, portant le total à neuf, et avant qu'un autre quart d'heure se fût écoulé, ils étaient attelés et grimpaient la piste conduisant au canyon de Dyea. Buck était content de ce départ, et malgré la dureté du travail, il ne le trouva pas particulièrement déplaisant. Il était surpris par l'enthousiasme qui animait toute l'équipe et qui se communiquait à lui ; mais il y avait encore plus étonnant : le changement qui se manifestait chez Dave et Sol-leks. C'étaient de nouveaux chiens, complètement transformés par l'attelage. Toute leur passivité et leur indifférence s'étaient évanouies. Ils se montraient vigilants et actifs, soucieux de bien faire avancer le travail, et vivement irrités par tout ce qui – ralentissement ou désordre – pouvait le retarder. Le dur labeur des traits semblait l'expression suprême de leur existence, le seul but de leur vie et la seule chose qui les réjouît.

Dave était timonier, le plus proche du traîneau ; pour tirer juste devant lui, il y avait Buck, puis venait Sol-leks ; le reste de l'équipe s'échelonnait en file indienne jusqu'à l'animal de tête – position occupée par Spitz.

On avait à dessein[1] placé Buck entre Dave et Sol-leks, pour lui permettre de s'instruire. S'il était bon élève, ils se montraient également bons maîtres : ils ne lui permettaient jamais de persister longtemps dans l'erreur, et faisaient respecter leurs leçons grâce

1. **À dessein** : volontairement.

à leurs dents acérées[1]. Dave était juste et très sage. Jamais il ne mordait Buck sans raison, mais il ne manquait jamais de le mordre quand le besoin s'en faisait sentir. Comme le fouet de François le secondait, Buck trouva meilleur compte à se corriger plutôt qu'à riposter. Une fois, pendant une courte halte, il s'embrouilla dans les traits et retarda le départ ; Dave et Sol-leks se jetèrent ensemble sur lui et lui administrèrent une bonne correction. La confusion qui en résulta fut encore pire, mais désormais Buck prit grand soin de ne plus emmêler les traits ; et avant la fin du jour, il avait si bien maîtrisé sa tâche que ses camarades cessèrent de le harceler. Le fouet de François claqua moins fréquemment, et Perrault fit même à Buck l'honneur de lui soulever les pattes pour les examiner avec soin.

Ce fut une rude journée de course pour monter au canyon : ils dépassèrent Sheep Camp, les Scales et la ligne des bois, traversèrent des glaciers, des congères de centaines de pieds[2] d'épaisseur, et franchirent le grand col de Chilkoot, ligne de partage entre le versant maritime et celui de l'intérieur, qui défend l'accès du Nord triste et solitaire. Puis ils descendirent à bonne allure le chapelet des lacs qui emplissent les cratères de volcans éteints, et tard, ce soir-là, ils arrivèrent à l'immense camp situé à l'extrémité du lac Bennett, où des milliers de chercheurs d'or construisaient des bateaux pour se préparer à la fonte des glaces, au printemps. Buck creusa son trou dans la neige et, épuisé, dormit du sommeil des justes ; mais on l'en délogea trop tôt, dans les ténèbres glacées, pour l'atteler au traîneau avec ses compagnons.

1. **Acérées** : très tranchantes.
2. **Congères** : amas de neige entassée par le vent ; **pied** : unité de mesure anglo-saxonne valant 30,48 cm.

Ce jour-là, ils firent quarante milles, car la piste était bien tassée ; mais le lendemain et tous les jours suivants, ils durent se frayer leur propre chemin, trimer plus dur et perdre plus de temps. En règle générale, Perrault passait devant l'équipe pour damer[1] la neige avec des raquettes et leur faciliter la tâche. François, qui guidait le traîneau à la barre, échangeait parfois sa place contre la sienne, mais pas souvent. Perrault était pressé, il se vantait de bien connaître la glace – connaissance indispensable, car celle d'automne était très fine, et là où l'eau courait rapidement, il n'y avait pas de glace du tout.

Jour après jour, interminablement, Buck peina dans les traits. Toujours, ils levaient le camp dans les ténèbres et, dès la première lueur grise de l'aube, ils parcouraient encore la piste, après avoir laissé derrière eux de nouveaux miles. Et toujours ils établissaient le camp une fois la nuit tombée, mangeaient leur morceau de poisson et grattaient la neige pour y dormir. Buck était vorace. La livre et demie de saumon séché au soleil qui constituait sa ration quotidienne semblait s'engloutir dans un gouffre. Il n'en avait jamais assez, et souffrait de perpétuels tiraillements d'estomac. Pourtant les autres chiens, parce qu'ils pesaient moins lourd et étaient nés pour ce genre de vie, recevaient seulement une livre de poisson et réussissaient à se maintenir en bonne forme.

1. Damer : tasser.

Le mille (en anglais *mile*) est une mesure de longueur utilisée en Grande-Bretagne, au Canada et aux États-Unis. Il équivaut à 1 609 mètres.

Pour résister aux très basses températures qui descendent en hiver jusqu'à – 30 °C (et parfois – 50 °C), les huskies doivent recevoir quotidiennement 600 à 750 g de poisson ou de viande séchée.

Il perdait rapidement les habitudes de raffinement qui avaient caractérisé son ancienne existence. Mangeur délicat, il découvrit que ses compagnons, qui finissaient avant lui, lui volaient sa ration avant qu'il l'eût terminée. Pas moyen de la défendre. Tandis qu'il se bagarrait pour en disperser deux ou trois, elle disparaissait dans le gosier des autres. Pour y remédier, il mangea aussi vite qu'eux ; et la faim le poussait si fort qu'il alla jusqu'à prendre ce qui ne lui appartenait pas. Il observait et apprenait. Quand il vit Pike, l'un des nouveaux chiens, voleur malin et habile à simuler, dérober en douce une tranche de bacon en profitant de ce que Perrault avait le dos tourné, il répéta l'exploit le lendemain, et s'enfuit avec le morceau entier. Il s'éleva un grand tumulte, mais on ne le suspecta pas ; Dub, un gaffeur maladroit qui se faisait tout le temps attraper, subit à sa place le châtiment du méfait.

Ce premier vol montra l'aptitude de Buck à survivre dans le milieu hostile des terres du Nord. Il prouva une faculté d'adaptation et une capacité à se plier à des situations nouvelles sans lesquelles il aurait connu une mort prompte et terrible. Il attestait d'autre part l'affaiblissement ou la ruine de sa moralité – handicap superflu dans la lutte impitoyable pour l'existence. Tout cela – respect de la propriété privée et des sentiments personnels – était assez bon pour les terres du Sud, où régnait la loi de l'amour et de l'amitié ; mais dans le Nord, sous la loi du gourdin et des crocs, tous ceux qui tenaient compte de telles bêtises étaient des imbéciles, et dans la mesure où ils les respectaient, couraient à un désastre certain.

Ce n'était pas que Buck tînt ce genre de raisonnement. Il était doué, voilà tout, et sans en avoir conscience il s'adaptait à son nouveau mode d'existence. Toute sa vie, quelles que fussent ses chances de vaincre, il ne s'était jamais dérobé à un combat. Mais, à force de coups, le gourdin de l'homme au gilet rouge l'avait fait pénétrer dans un monde régi par des lois plus fondamentales et plus primitives. Quand il était civilisé, il aurait pu mourir pour des considérations morales, mettons pour défendre la cravache du juge Miller ; mais la facilité avec laquelle il reniait de telles considérations prouvait maintenant qu'il abandonnait totalement la civilisation, ce qui lui sauvait la peau. Il ne volait pas pour le plaisir, mais parce que son estomac criait famine. Il ne dérobait pas ouvertement, mais en secret et par ruse, selon le principe du gourdin et des crocs. Bref, il agissait ainsi parce qu'il était plus facile de le faire que de ne pas le faire.

Il progressait – ou régressait ? – à grands pas. Il acquit des muscles d'acier, une résistance accrue à toutes les agressions du quotidien. Il parvint à une organisation quasi parfaite, aussi bien physiquement que mentalement. Il pouvait manger n'importe quoi, jusqu'aux aliments les plus répugnants ou les plus indigestes ; une fois qu'il les avait avalés, les sucs de son estomac en extrayaient le moindre élément nutritif ; et son sang, qui conduisait cet élément jusqu'aux extrémités de son corps, l'utilisait pour bâtir le plus résistant et le plus vigoureux des tissus. Sa vue, son odorat s'aiguisèrent de façon remarquable, son ouïe devint si fine qu'il percevait le moindre bruit dans son sommeil et savait s'il annonçait paix ou danger. Il apprit à arracher la glace avec ses dents lorsqu'elle s'accumulait entre ses griffes ; et quand il avait soif et qu'il y avait une épaisse couche de glace sur le trou d'eau, il se dressait et raidissait ses pattes de devant pour la frapper et la casser. Sa qualité la plus remarquable était sa capacité à sentir le vent et à prévoir sa direction dès la veille. Même s'il n'y avait pas un souffle d'air quand il creusait son trou près d'un arbre ou de la rive, la bise qui venait plus tard le trouvait infailliblement sous le vent, dans un abri douillet.

Suivant l'angle auquel on se place, Buck progresse grâce à ses capacités d'adaptation à sa nouvelle vie, mais il régresse par rapport à sa vie antérieure, la vie civilisée.

Il ne se contentait pas d'apprendre par l'expérience : des instincts longtemps assoupis revivaient dans son être, tandis que les générations domestiquées s'en effaçaient. D'une manière confuse, il retrouvait le souvenir de la jeunesse de la race, au temps où des chiens sauvages rôdaient en meutes à travers les forêts des premiers âges et tuaient la proie qu'ils capturaient. Ce ne fut pas difficile pour lui d'apprendre à se battre à coups d'entailles, de balafres[1] et de morsures rapides comme celles du loup. C'était de cette façon que s'étaient battus ses ancêtres oubliés. Ils ranimaient en lui la vie des temps anciens, et les vieilles ruses qu'ils avaient imprimées dans l'hérédité de la race devenaient les siennes. Elles lui revenaient sans effort, sans qu'il eût à les découvrir, comme si elles lui avaient toujours appartenu. Lorsque, dans le calme des nuits froides, il pointait le museau vers une étoile et hurlait longtemps à la façon d'un loup, c'étaient ses ancêtres, devenus cadavres et poussière, qui pointaient le museau vers l'étoile et hurlaient à travers les siècles jusqu'à lui. Les cadences qu'il adoptait étaient les leurs, et elles exprimaient ce qu'était leur détresse et ce que signifiaient pour eux le silence, le froid et l'obscurité.

Ainsi, comme pour rappeler que les êtres vivants ne sont que des pantins, l'antique chanson montait en lui et il renouait avec ses origines – et tout cela parce que des hommes avaient trouvé dans le Nord un métal jaune, et parce que Manuel était un aide-jardinier dont les gages ne parvenaient pas à satisfaire les besoins de sa femme et des diverses petites reproductions de sa personne.

1. **Balafres** : longues entailles.

III

Le mâle dominant des origines

Le mâle dominant des origines était puissant chez Buck, et dans les conditions féroces de la piste il se développait de jour en jour. Pourtant ce développement se réalisait en secret. Son astuce récente lui donnait assurance et maîtrise de soi. Néanmoins il était trop occupé à s'adapter à sa vie nouvelle pour se sentir à l'aise ; non seulement il ne cherchait pas la bagarre, mais il l'évitait chaque fois que c'était possible. Ce qui caractérisait son attitude, c'était une certaine pondération[1]. Il n'était pas enclin à l'imprudence ni à l'action précipitée ; dans la haine acharnée qui l'opposait à Spitz, il ne trahissait aucune impatience et ne prenait jamais l'offensive.

De l'autre côté, peut-être parce qu'il devinait en Buck un rival dangereux, Spitz ne perdait pas une occasion de montrer les dents. Il s'écartait même de son chemin pour malmener Buck, et s'acharnait constamment à engager un combat qui ne pouvait se terminer que par la mort de l'une des deux bêtes.

Ce choc décisif aurait pu avoir lieu dès le début du voyage s'il ne s'était produit un incident inhabituel. À la fin d'une journée, ils établirent un campement lugubre et misérable sur la rive du lac Lebarge. La neige qui tombait dru, un vent coupant comme un couteau chauffé à blanc et l'obscurité qui régnait les avaient

1. **Pondération** : mesure, calme.

forcés à chercher à l'aveuglette un lieu où camper. Cela n'aurait guère pu se passer plus mal. Derrière eux se dressait une falaise rocheuse à pic, et Perrault et François furent contraints de faire un feu et d'étaler leurs sacs de couchage sur la glace même du lac. La tente, ils l'avaient abandonnée à Dyea pour voyager sans s'encombrer. Quelques morceaux de bois flottant leur permirent d'allumer le feu, mais il fit céder la glace et passa au travers, ce qui les obligea à manger leur dîner dans le noir.

Tout près du rocher qui les abritait, Buck creusa son trou. Il était si confortable et si chaud qu'il eut du mal à le quitter lorsque François distribua le poisson qu'il avait d'abord fait dégeler au-dessus des flammes. Mais quand Buck, sa ration terminée, revint à son abri, il le trouva occupé. Un grognement rageur l'avertit que l'intrus n'était autre que Spitz. Jusqu'alors, Buck avait évité le conflit avec son ennemi, mais cette fois c'en était trop. En lui, la bête rugit. Il se jeta sur Spitz avec une fureur qui les étonna tous deux, et particulièrement Spitz, car toute son expérience de Buck l'avait conduit à penser que son rival était un chien anormalement timide, qui ne réussissait à se tirer d'affaire que grâce à son poids et à sa taille exceptionnels.

François fut surpris, lui aussi, quand ils jaillirent tout emmêlés du trou où l'un avait dérangé l'autre, et il devina la raison du conflit.

– Ah, ah ! cria-t-il à Buck, donne-lui une leçon, bon Dieu ! Apprends-lui, à ce sale voleur !

Spitz en voulait tout autant[1]. Il poussait de vrais cris de rage et d'excitation et tournait dans tous les sens, cherchant l'occasion de

1. **En voulait tout autant** : voulait lui aussi se battre.

bondir. Buck n'était pas moins excité ni moins prudent ; lui aussi décrivait des cercles pour prendre l'avantage. Mais c'est alors que l'inattendu survint, un événement qui reporta à un lointain avenir leur combat pour l'hégémonie[1], par-delà de nombreux milles épuisants de labeur sur la piste.

Un juron de Perrault, le choc sonore d'un gourdin sur une carcasse osseuse et un glapissement aigu de douleur annoncèrent le déchaînement du tohu-bohu[2]. On découvrit soudain que le camp grouillait de silhouettes de rôdeurs velus – des huskies mourant de faim, entre quatre-vingts et cent bêtes qui, venues de quelque village indien, avaient flairé le camp. Ils étaient arrivés sans bruit pendant que Buck et Spitz étaient en train de se battre, et quand les deux hommes se jetèrent entre eux avec de solides gourdins, ils montrèrent les dents et ripostèrent. L'odeur de la nourriture les rendait fous. Perrault en trouva un la tête enfoncée dans la boîte de vivres. Son gourdin frappa lourdement les côtes décharnées, et la boîte fut renversée à terre. Aussitôt une vingtaine de ces brutes faméliques[3] se précipita sur le pain et le bacon. Les gourdins s'abattaient sur eux, et ils ne s'en rendaient même pas compte. Ils jappaient et hurlaient sous la grêle de coups, mais n'en continuèrent pas moins à lutter follement jusqu'au moment où ils eurent dévoré la dernière miette.

Entre-temps, les chiens de l'attelage, stupéfaits, étaient sortis précipitamment de leurs trous pour être aussitôt attaqués par les féroces envahisseurs. Jamais Buck n'avait vu de tels chiens. On aurait dit que leurs os allaient leur crever la peau. C'étaient de

1. **Combat pour l'hégémonie** : combat pour la première place.
2. **Tohu-bohu** : tumulte, brouhaha.
3. **Faméliques** : affamées.

vrais squelettes, drapés trop au large dans des peaux salies, avec des yeux étincelants et des crocs couverts de bave. Mais la folie suscitée par la faim les rendait terrifiants, irrésistibles. Pas moyen de lutter contre eux. Ils repoussèrent les chiens de l'attelage contre la falaise dès le premier assaut. Buck fut attaqué par trois huskies, et en un rien de temps ils lui déchirèrent et lui tailladèrent la tête et les épaules. Le vacarme était effrayant. Billie gémissait, comme à son habitude. Dave et Sol-leks, qui saignaient par de nombreuses blessures, se battaient courageusement côte à côte. Joe faisait claquer ses mâchoires comme un démon. Une fois, ses dents se refermèrent sur la patte avant d'un husky, et il fit craquer l'os et le brisa. Pike, le simulateur, bondit sur l'animal estropié, et lui cassa l'encolure d'un coup de dents rapide comme l'éclair. Buck saisit à la gorge un adversaire écumant, et fut éclaboussé de sang lorsque ses dents s'enfoncèrent dans la veine jugulaire[1]. La saveur chaude qui lui resta dans la gueule l'incita à se montrer encore plus féroce. Il se jeta sur un autre, et en même temps sentit des dents s'enfoncer dans sa propre gorge. C'était Spitz qui l'attaquait en traître sur le flanc.

Perrault et François, après avoir nettoyé chacun une partie du camp, se hâtèrent de sauver leurs chiens de traîneau. La vague sauvage des bêtes faméliques reflua devant eux, et Buck, d'une secousse, parvint à se libérer. Mais ce n'était qu'un répit. Les deux hommes furent contraints de revenir sauver la nourriture en courant ; sur quoi les huskies se remirent à attaquer l'équipe. Billie, que la terreur rendait vaillant, bondit à travers le cercle

1. **Veine jugulaire** : chacune des quatre grosses veines situées sur le côté du cou.

féroce et s'enfuit sur la glace. Pike et Dub lui emboîtèrent le pas, et le reste suivit. Alors que Buck se ramassait sur lui-même pour bondir derrière eux, il vit du coin de l'œil Spitz se ruer sur lui, avec l'intention évidente de le renverser. S'il était tombé à terre, enseveli sous cette masse de huskies, c'en était fini pour lui. Mais il rassembla ses forces pour soutenir le choc de cette attaque, et put rejoindre ceux qui s'étaient échappés au loin sur le lac.

Plus tard, les neuf chiens de l'équipe se rassemblèrent et cherchèrent un abri dans la forêt. On ne les poursuivit pas, mais ils étaient en piteux état. Il n'y en avait pas un qui n'eût reçu quatre ou cinq blessures, et certains étaient grièvement atteints. Dub était sérieusement touché à une patte arrière ; Dolly, la dernière husky à avoir rejoint l'équipe à Dyea, avait la gorge vilainement déchirée ; Joe avait perdu un œil, tandis que Billie, la bonne pâte, avec une oreille rongée et réduite en lambeaux, cria et gémit pendant toute la nuit. Au point du jour, ils rejoignirent prudemment le camp en boitillant ; les maraudeurs[1] étaient partis ; ils trouvèrent les deux hommes de mauvaise humeur. La moitié au moins de leurs réserves de nourriture s'était envolée. Les huskies avaient mâchonné les courroies du traîneau et les bâches de toile. En fait, ils n'avaient rien épargné, y compris ce qui était à peine mangeable. Ils avaient dévoré une paire de mocassins en peau d'orignal[2] appartenant à Perrault, une grande partie des traits de cuir, et même, sur deux pieds de longueur, la lanière qui terminait le fouet de François. Ce dernier cessa de considérer tristement ce désastre pour examiner ses chiens blessés.

1. **Maraudeurs** : voleurs.
2. **Orignal** : élan du Canada et de l'Alaska.

– Ah, mes amis, dit-il doucement, p't-êt' qu'ça va vous rendre fous, toutes ces blessures. P't-êt' tous enragés, crédieu ! Qu'est-ce t'en penses, hein, Perrault ?

Le porteur de messages hocha la tête d'un air dubitatif. Avec les quatre cents milles de piste qui demeuraient à parcourir jusqu'à Dawson, il pouvait difficilement se permettre une épidémie de rage parmi ses chiens. Deux heures de jurons et d'efforts réparèrent les harnais, et l'équipe endolorie par ses blessures se mit en route et lutta péniblement sur la section de piste la plus dure qu'ils eussent jamais rencontrée, la plus difficile, d'ailleurs, qui restât entre eux et Dawson.

La rivière Thirty Mile n'était pas prise par les glaces. Ses eaux sauvages défiaient le gel, et la glace prenait seulement dans les contre-courants et les endroits tranquilles. Il fallut six journées de progression harassante[1] pour parcourir ces terribles trente milles. Et terribles, ils le furent, car hommes et chiens vinrent à bout de chaque pied de terrain au péril de leur vie. Une douzaine de fois, Perrault, qui avançait en éclaireur, tomba à travers les ponts de glace, et ne dut son salut qu'à la longue perche qu'il portait : il la tenait de telle façon que, chaque fois qu'il basculait, elle restait accrochée aux bords du trou creusé par son corps. Mais on était en pleine vague de froid, le thermomètre marquait cinquante au-dessous de zéro, et chaque fois qu'il passait au travers il était forcé, pour survivre, de faire un feu et de sécher ses vêtements.

Rien ne le décourageait. Et c'est bien pour cette raison qu'on l'avait choisi comme messager du gouvernement. Il prenait toutes sortes de risques, exposait résolument son petit visage ratatiné au

1. **Harassante** : épuisante.

froid glacial et luttait de la première lueur de l'aube à la nuit. Il contournait les rives menaçantes, bordées d'une glace qui s'affaissait et se craquelait sous les pas, et sur laquelle ils n'osaient pas s'arrêter. Une fois, le traîneau passa au travers, avec Dave et Buck, et ils étaient à moitié gelés et presque noyés lorsqu'on les tira de là. Il fallut rallumer un feu pour les sauver. Une solide couche de glace les recouvrait, et les deux hommes les forcèrent à courir autour du feu, pour suer et se dégeler, de si près qu'ils en étaient roussis par les flammes.

Une autre fois, ce fut Spitz qui passa à travers, et entraîna toute l'équipe à sa suite jusqu'à Buck, lequel tira en arrière de toute sa force, avec ses pattes de devant sur le rebord glissant, tandis que la glace frémissait et cassait alentour. Heureusement, derrière lui il y avait Dave, qui tirait tout autant, et derrière le traîneau il y avait François, arc-bouté à s'en faire craquer les tendons.

Un autre jour, la glace du bord se fendit sur toute sa longueur, et il ne resta qu'un moyen de lui échapper : gravir la falaise. Perrault l'escalada par miracle, tandis que François priait justement pour que ce miracle s'accomplît ; et à l'aide de chaque lanière, de chaque courroie du traîneau et du dernier morceau de harnais tressés en une longue corde, on hissa les chiens un par un jusqu'au sommet de la falaise. François monta le dernier, après le traîneau et son chargement. Puis vint la recherche d'un endroit pour la descente, qui s'effectua en fin de compte à l'aide de la corde ; et le soir les trouva de retour à la rivière, avec seulement un quart de mille à porter au bilan de la journée.

Quand ils arrivèrent à l'Hootalinqua et à la bonne glace, Buck était épuisé. Les autres chiens ne valaient pas mieux ; mais

Perrault, pour rattraper le temps perdu, les forçait à veiller tard et à se lever tôt. Le premier jour, ils parcoururent trente-cinq milles jusqu'à la rivière Big Salmon ; le lendemain, trente-cinq de plus jusqu'à la Little Salmon ; le troisième jour, quarante milles, qui les conduisirent tout près des rapides de Five Fingers.

Les pattes de Buck n'étaient pas aussi résistantes et aussi dures que celles des huskies. Elles s'étaient ramollies durant les nombreuses générations qui s'étaient succédé depuis le jour où son dernier ancêtre sauvage avait été apprivoisé par un habitant des cavernes ou par un homme des rivières. Toute la journée, il boitait et souffrait le martyre ; une fois le camp dressé, il s'abattait comme un chien crevé. Il avait beau être affamé, il ne voulait pas bouger pour recevoir sa ration de poisson, que François devait lui apporter. Aussi, le conducteur du traîneau frottait-il les pattes de Buck pendant une demi-heure, chaque soir après dîner ; et il sacrifia le haut de ses propres mocassins pour en faire quatre à Buck. Ce fut un grand soulagement pour le chien ; un matin, une grimace qui ressemblait à un sourire se dessina même sur le visage tout ridé de Perrault : comme François avait oublié les mocassins, Buck restait étendu sur le dos, et agitait ses quatre pattes en l'air avec une mine suppliante : il refusait de bouger s'il ne les avait pas. Plus tard, ses pattes s'endurcirent au contact de la piste, et on jeta les chaussures usées jusqu'à la corde.

À la rivière Pelly, un matin, alors qu'ils installaient les harnais, Dolly, qui ne s'était jamais fait remarquer auparavant, devint subitement folle. Sa maladie s'annonça par un long hurlement, un cri de loup à fendre le cœur qui fit se hérisser de peur tous les chiens ; puis elle se jeta droit sur Buck. Il n'avait jamais vu un chien devenir enragé, et n'avait aucune raison de redouter la folie ; pourtant il comprit l'horreur de l'événement et il prit la fuite, en proie à la panique. Il courait droit devant lui, avec Dolly, haletante et écumante, à un pas en arrière ; la terreur de Buck était si intense qu'elle ne pouvait le rattraper, mais la démence de la chienne était si grande qu'il ne pouvait la semer. Il s'enfonça dans l'intérieur boisé d'une île, redescendit jusqu'à l'autre extrémité, traversa encore un chenal couvert de glace durcie, atteignit une deuxième île, puis une troisième, fit un crochet pour revenir au cours principal de la rivière, et en désespoir de cause commença à la traverser. Et pendant tout ce temps il ne jeta pas un seul regard en arrière, mais il pouvait l'entendre gronder juste derrière lui. Lorsque François l'appela d'une distance d'un quart de mille, il vira brusquement pour rentrer ; toujours en avance d'un bond sur elle, il haletait, à bout de souffle ; il mettait tout son espoir dans l'homme pour le sauver. Le conducteur de traîneau tenait la hache toute prête dans sa main et, lorsque Buck passa devant lui comme l'éclair, elle s'abattit sur le crâne de la malheureuse folle.

Buck alla s'appuyer au traîneau en titubant, épuisé, cherchant à reprendre son souffle : il était sans défense – occasion rêvée pour Spitz. Il se rua sur Buck, et par deux fois ses dents s'enfoncèrent dans le corps de son adversaire incapable de résister ; il déchira et arracha la chair jusqu'à l'os. Alors la lanière de François s'abattit, et Buck eut la satisfaction de voir Spitz frappé du pire coup de fouet jamais administré à un membre de l'équipe.

– Un démon, ce Spitz, remarqua Perrault. Un jour i' tuera ce pauv' Buck.

– En fait d'démon, ce Buck en vaut deux, répliqua François. Depuis l'temps qu'je l'observe, j'en suis certain. Écoute : un beau jour, i'deviendra enragé comme le diable, et alors il en fera qu'une bouchée, d'ce Spitz, et i' le recrachera sur la neige. Sûr, j'le sais.

À partir de ce moment, ce fut la guerre entre eux. Spitz, en tant que chien de tête et maître reconnu de l'équipe, sentait sa suprématie menacée par ce singulier chien des terres du Sud. Et, singulier, Buck l'était pour lui, car parmi les nombreux chiens du Sud qu'il avait connus, aucun ne s'était comporté dignement au camp ni sur la piste. Ils étaient tous trop mous ; la dureté de la tâche, le gel, le manque de nourriture les conduisaient à la mort. Buck était l'exception. Seul entre tous, il résistait, restait en forme, et faisait jeu égal avec le husky en force, en sauvagerie, en astuce. Puis c'était un chien autoritaire, et ce qui le rendait dangereux, c'était que le gourdin de l'homme au gilet rouge avait éliminé tout courage aveugle et toute imprudence de son désir de domination. Il était avant tout rusé, et capable d'attendre son heure avec une patience digne des bêtes primitives.

L'affrontement pour l'hégémonie devenait inévitable. Buck le souhaitait. Il le voulait parce que c'était dans sa nature, parce qu'il était maintenant possédé par l'orgueil inouï, incompréhensible de la piste et du trait – cet orgueil qui rive les chiens à leur dur labeur jusqu'à leur dernier souffle, qui les captive au point de les faire mourir avec joie sous le harnais, et leur brise le cœur si on les en prive. C'était l'orgueil de Dave comme timonier, celui de Sol-leks quand il tirait de toute sa force ; l'orgueil qui s'emparait d'eux quand on levait le camp, et transformait ces brutes hargneuses et maussades en créatures capables d'effort, d'enthousiasme, d'ambition ; l'orgueil qui les aiguillonnait toute la journée, les conduisait au nouveau camp du soir, et les laissait agités, insatisfaits et mélancoliques. C'était l'orgueil qui soutenait le moral de Spitz et lui faisait battre les chiens de traîneau quand ils commettaient des erreurs, paressaient dans les traits ou se cachaient le matin au moment du harnachement. De même, c'était cet orgueil qui lui faisait craindre Buck comme un leader éventuel. Et c'était bien aussi l'orgueil de Buck.

Il menaçait ouvertement la suprématie de l'autre. Il s'interposait entre lui et les paresseux qu'il aurait dû punir. Et il le faisait exprès. Une nuit, il y eut une grosse chute de neige, et au matin Pike, le simulateur, ne reparut pas. Il était caché bien en sécurité dans son abri, sous un pied de neige. François l'appela et le chercha en vain. La colère rendait Spitz furieux. Il exhalait sa rage dans tout le camp, reniflait et creusait dans tous les endroits possibles, et grondait de manière si effrayante que Pike l'entendait et tremblait dans sa cachette.

Mais quand on finit par le dénicher, et que Spitz fonça sur lui pour le punir, Buck s'interposa avec autant de rage. Ce fut si inattendu, et si astucieusement accompli, que Spitz se trouva précipité à la renverse, pattes en l'air. Pike, qui tremblait servilement, reprit courage devant cette rébellion ouverte, et se jeta sur son chef culbuté. Buck, qui avait oublié le fair-play[1], se jeta pareillement sur Spitz. Mais François, qui riait bien de cet incident tout en restant inébranlable pour rendre la justice, abattit son fouet sur Buck de

1. **Fair-play** (locution anglaise signifiant « jeu loyal ») : respect des règles.

toute sa force. Cela ne suffit pas à l'écarter de son rival jeté à terre, et le manche du fouet dut entrer en action. À moitié assommé par le coup, Buck fut renvoyé en arrière, et la lanière le cingla à plusieurs reprises, tandis que Spitz donnait une bonne correction à Pike, qui en prenait si souvent à son aise.

Les jours suivants, alors qu'on se rapprochait de plus en plus de Dawson, Buck continua encore à s'immiscer entre Spitz et les coupables ; mais il le faisait astucieusement, quand François ne les surveillait pas. Avec la rébellion feutrée de Buck, un vent d'insubordination générale s'était levé et grandissait. Dave et Sol-leks n'en étaient pas affectés mais, pour le reste de l'équipe, tout allait de mal en pis. Rien ne marchait plus droit. C'étaient des chamailleries et un tintamarre continuels. Il se tramait toujours quelque désordre, et Buck en était l'origine. Il tenait François en haleine, car le conducteur de traîneau appréhendait[1] constamment la lutte à mort entre les deux chiens, dont il savait bien qu'elle aurait lieu tôt ou tard ; et plus d'une fois, la nuit, des bruits de dispute et de querelle entre les autres chiens l'arrachèrent à son sac de couchage, car il redoutait qu'il ne s'agît de Buck et de Spitz.

Mais l'occasion ne se présenta pas d'elle-même, et ils entrèrent à Dawson● par un morne après-midi : le grand combat était encore

1. **Appréhendait** : attendait avec inquiétude.

● **Située au confluent des rivières Klondike et Yukon, Dawson City est la capitale de la ruée vers l'or du Klondike. En avril 1897, la ville compte 1 500 habitants groupés autour d'un saloon-épicerie-bazar. Durant l'été 1898, elle devient l'une des plus grandes villes du Nord-Ouest (jusqu'à 10 000 habitants) avec banques, églises, théâtre et des saloons où les mineurs viennent dilapider leurs gains.** **Voir carte p. 12.**

à venir. Il y avait là beaucoup d'hommes et d'innombrables chiens, et Buck les trouva tous au travail. Il semblait dans l'ordre des choses que les chiens dussent travailler. Toute la journée, leurs longs attelages parcouraient dans les deux sens la rue principale, et le soir on entendait encore le tintement de leurs clochettes. Ils tiraient des rondins pour les cabanes ou du bois de chauffage, assuraient le transport jusqu'aux mines et faisaient toutes sortes de travaux qu'on confiait aux chevaux dans la vallée de Santa Clara. Çà et là, Buck rencontrait des chiens du Sud, mais dans l'ensemble la race sauvage du husky croisé de loup prédominait. Chaque nuit, à intervalles réguliers, neuf heures, minuit, trois heures, on entendait s'élever leur chanson nocturne, un chant mystérieux et sinistre que Buck, pour sa plus grande joie, entonnait avec eux.

Avec l'embrasement froid de l'aurore boréale[1] au firmament, les étoiles qui bondissaient dans leur danse glacée, et la terre engourdie et gelée sous son suaire[2] de neige, cette chanson des huskies aurait pu être un défi à la vie ; mais elle était lancée sur le mode mineur, avec de longues plaintes et des demi sanglots, et elle constituait plutôt une supplication à la vie, l'expression de la douleur de l'existence. C'était une vieille chanson, aussi vieille que la race même – une des premières chansons d'un monde plus jeune, au temps où les chants étaient tristes. Elle était imprégnée par le malheur d'innombrables générations, cette plainte qui remuait Buck de si étrange manière. Quand il gémissait et sanglotait, c'était avec la douleur de vivre qui était jadis celle de ses ancêtres sauvages, et avec la peur et le mystère du froid et de

1. **Aurore boréale** : phénomène lumineux atmosphérique apparaissant dans les régions polaires arctiques.
2. **Suaire** : linceul.

l'obscurité qui constituaient pour eux la peur et le mystère essentiels. Et le fait qu'il en fût remué prouvait bien son retour complet, par-delà les âges du feu et du toit, aux rudes commencements de la vie, en ces âges où hurlaient les loups.

Sept jours après leur arrivée à Dawson, ils descendirent la rive escarpée[1] près des Barracks[2], jusqu'à la piste du Yukon, et repartirent pour Dyea et Salt Water. Perrault transportait des dépêches peut-être plus urgentes encore que celles qu'il avait apportées ; en outre, l'orgueil du voyage l'avait saisi, et il avait l'intention d'établir le record de vitesse de l'année. Plusieurs facteurs favorisaient son dessein. La semaine de repos avait permis aux chiens de récupérer et les avait mis en très bonne forme. La piste qu'ils avaient tracée dans la région était tassée et durcie par des voyageurs qui leur avaient succédé. En outre, la police avait aménagé en deux ou trois endroits des dépôts de nourriture pour les chiens et les hommes, et on pouvait donc voyager sans lourd fardeau.

Dès le premier jour ils arrivèrent à la Sixty Mile, après une course de cinquante milles ; et le second, ils réussirent à remonter le Yukon à belle allure jusqu'à la Pelly. Mais cette moyenne splendide avait sa contrepartie : de graves ennuis et de gros problèmes pour François. La révolte insidieuse[3] menée par Buck avait détruit la solidarité de l'attelage. Ce n'était plus comme si un seul chien bondissait dans les traits. L'encouragement que Buck donnait aux rebelles les amenait à commettre toutes sortes de petites infractions. Spitz n'était plus un leader hautement redouté. Il ne restait plus rien du respect qu'il inspirait et, peu à peu, ils

1. **Escarpée** : en pente raide.
2. **Barracks** : casernes de la Police montée canadienne.
3. **Insidieuse** : sournoise, cachée.

défièrent tous son autorité. Un soir, Pike lui vola une moitié de poisson et l'engloutit sous la protection de Buck. Un autre soir, Dub et Joe se battirent avec Spitz et le firent renoncer à la punition qu'ils méritaient. Et même Billie, la bonne pâte, avait moins bon caractère et ne gémissait plus de façon aussi apaisante qu'autrefois. Buck n'approchait jamais de Spitz sans gronder et se hérisser de manière menaçante. En fait, son comportement tenait du bravache[1] et, sous le nez même de Spitz, il se livrait à des fanfaronnades[2].

Le relâchement de la discipline affectait également les relations des chiens entre eux. Ils se querellaient et se chamaillaient plus que jamais, au point qu'il y avait parfois au camp un charivari de hurlements. Dave et Sol-leks étaient les seuls à n'avoir pas changé, mais les disputes incessantes les rendaient irritables. François poussait d'étranges jurons barbares, tapait rageusement la neige du pied, mais en pure perte, et s'arrachait les cheveux. Son coup de fouet faisait toujours entendre sa chanson au milieu des chiens, mais il n'avait que peu d'effet. Dès qu'il avait le dos tourné, ils recommençaient. Il soutenait Spitz avec son fouet, mais Buck soutenait le reste de l'équipe. François savait qu'il était derrière tout ce désordre, et Buck savait qu'il était au courant ; mais il était trop malin pour se faire jamais reprendre la main dans le sac. Il trimait loyalement sous le harnais, car le travail était devenu pour lui un plaisir ; cependant il trouvait un plaisir encore plus grand à pousser sournoisement ses camarades à se battre et à embrouiller les traits.

1. **Bravache** : qui affecte la bravoure.
2. **Fanfaronnades** : vantardises.

Au confluent de la Tahkeena, un soir, après le dîner, Dub dénicha un lièvre des neiges ; mais, maladroit comme il était, il le manqua. En un instant, tout l'attelage cria à tue-tête. À cent yards[1] de là se trouvait un camp de la police du Nord-Ouest, avec cinquante chiens, tous des huskies, qui le prirent aussi en chasse. Le lièvre descendit le cours de la rivière à toute allure, tourna dans un petit ruisseau, dont il entreprit de remonter le lit gelé. Il courait d'un pas léger à la surface de la neige, alors que les chiens devaient user de toute leur force pour avancer péniblement. Buck menait la meute, soixante costauds, virage après virage, mais il ne put le rejoindre. Il courait ventre à terre, en poussant des gémissements d'impatience, et son corps splendide filait comme l'éclair, à grands bonds, dans la pâle blancheur du clair de lune. Et à grands bonds, telle une apparition glacée et livide, le lièvre des neiges fonçait devant lui.

Tout ce frémissement des anciens instincts qui, à des époques déterminées, pousse les hommes à quitter les villes bruyantes pour aller tuer dans les plaines et dans la forêt avec des grains de plomb à propulsion chimique, ce désir du sang, cette joie de massacrer – tout cela, Buck le ressentait ; seulement c'était en lui infiniment plus profond ! Il allait en tête de la meute, traquant l'animal sauvage, la viande vivante, pour la tuer de ses propres dents et tremper sa gueule jusqu'aux yeux dans du sang chaud.

Il y a une extase qui marque l'apogée de la vie et en constitue le sommet indépassable. Tel est le paradoxe de l'existence : cette extase survient quand on est le plus pleinement vivant, tout en l'oubliant complètement. Cette extase, cet oubli de la vie, saisit

1. **Yard** : mesure de longueur anglo-saxonne équivalant à **0,914** m.

l'artiste élevé et emporté hors de lui-même dans un rideau de flammes ; elle saisit le soldat, fou de guerre sur un champ dévasté et refusant de faire quartier[1] ; et elle s'empara de Buck, alors qu'il conduisait la meute, poussait l'antique cri du loup, et fonçait derrière la nourriture vivante qui fuyait rapidement devant lui au clair de lune. Il sondait les profondeurs de sa nature, et aussi d'autres éléments plus profonds, qui le ramenaient aux origines du Temps. Il était sous l'emprise du pur déferlement de la vie, du raz-de-marée de l'existence, de la joie parfaite de chaque muscle, de chaque articulation, de chaque tendon particuliers – dans la mesure où c'était tout le contraire de la mort, toute l'ardeur et l'exubérance qui s'exprimaient dans le mouvement et volaient avec exultation entre les étoiles au-dessus de lui et la surface de matière inerte sous ses pas.

Mais Spitz, froid et calculateur même dans les moments les plus intenses, abandonna la meute et prit un raccourci – une étroite langue de terre là où le ruisseau décrivait une vaste courbe. Buck ne s'en aperçut pas, et alors qu'il suivait la courbe, et que le fantôme glacé du lièvre voletait encore devant lui, il vit un autre fantôme plus grand bondir de la rive en surplomb, juste à l'endroit où passait le lièvre. C'était Spitz. La proie ne put faire demi-tour, et lorsque les dents blanches lui brisèrent l'échine en pleine course, elle poussa un hurlement aussi fort qu'un homme frappé à mort. En entendant ce cri de la Vie précipitée de son point culminant dans l'étreinte du Trépas[2], la meute entière, sur les talons de Buck, entonna un chœur de joie infernal.

1. **Faire quartier** : laisser la vie sauve.
2. **Trépas** : mort.

Buck ne poussa pas un cri. Il ne s'arrêta pas, mais fonça sur Spitz, épaule contre épaule, en un élan si rude qu'il manqua la gorge. Ils roulèrent l'un sur l'autre dans la neige poudreuse. Spitz se remit sur ses pattes, presque comme s'il n'avait pas été renversé, tailla Buck au bas de l'épaule et s'écarta d'un bond. Deux fois ses dents s'entrechoquèrent, comme les mâchoires d'acier d'un piège, alors qu'il reculait pour s'assurer un meilleur équilibre ; ses babines minces se soulevaient en un rictus et laissaient échapper des grondements.

En un éclair Buck comprit : le moment était venu. C'était une lutte à mort. Alors qu'ils tournaient l'un autour de l'autre en grondant, les oreilles en arrière, intensément attentifs à prendre l'avantage, la scène donna à Buck une sensation de familiarité. Il lui semblait qu'il se rappelait tout cela – les bois blanchis de neige, la terre, le clair de lune, le frisson de la bataille. Au-dessus de la blancheur et du silence régnait un calme fantomatique. Il n'y avait pas le moindre bruissement d'air – rien ne bougeait, pas une feuille ne tremblait ; on ne voyait que le souffle des chiens qui s'élevait lentement et tardait à se dissiper dans l'air glacé. Ils n'avaient fait qu'une bouchée du lièvre des neiges, ces loups mal domestiqués ; et maintenant ils étaient rangés en un cercle attentif. Le silence régnait aussi parmi eux ; seuls leurs yeux brillaient, et leur haleine montait doucement dans les airs. Pour Buck, elle n'avait rien de nouveau ou d'étrange, cette scène du temps jadis. C'était comme si elle avait toujours existé, et constituait le cours habituel des choses.

Spitz était un lutteur entraîné. Du Spitzberg à l'Arctique, à travers le Canada et les Barrens, il avait tenu tête à toutes sortes de chiens et était parvenu à les dominer. Sa rage était violente, mais jamais aveugle. Dans sa passion pour déchirer et détruire, il n'oubliait jamais que son ennemi était animé de la même passion. Il ne s'aventurait jamais avant d'être prêt à subir son assaut, n'attaquait jamais avant d'avoir d'abord paré à son attaque.

C'était en vain que Buck s'acharnait à planter ses dents dans le cou du grand chien blanc. Partout où ses crocs cherchaient à atteindre la chair plus douce, ils étaient contrés par les crocs de Spitz. Le croc heurtait le croc, les babines étaient déchirées et sanglantes, mais Buck ne pouvait prendre son ennemi au dépourvu. Alors il s'enflamma et enveloppa Spitz dans un tourbillon d'assauts. Maintes et maintes fois il essaya d'atteindre la gorge blanche comme neige, où la vie bouillonnait juste sous la peau, mais à chaque tentative Spitz le tailladait et s'échappait. Alors Buck repartait à l'assaut, comme s'il cherchait la gorge, puis soudain, en reculant la tête et en faisant un crochet de côté, il amenait son épaule près de celle de Spitz, comme un bélier destiné à le renverser. Mais c'était l'épaule de Buck qui était déchirée à chaque fois, tandis que Spitz s'enfuyait d'un bond léger.

Spitz restait indemne, alors que Buck ruisselait de sang et haletait durement. Le combat devenait désespéré. Et pendant tout ce temps, le cercle silencieux des demi-loups attendait d'achever celui des deux chiens qui s'abattrait. Buck avait de plus en plus de mal à reprendre son souffle ; Spitz repartait à l'assaut, et le contraignait à chanceler pour garder son équilibre. À un moment, Buck fut renversé, et le cercle entier des soixante chiens se dressa ; mais il se rétablit avant de toucher le sol, et ils se rassirent pour attendre.

Cependant Buck possédait une qualité qui faisait sa grandeur : l'imagination. Il combattait d'instinct, mais il pouvait lutter aussi bien avec son intelligence. Il se rua sur son adversaire, comme s'il essayait la vieille ruse de l'épaule, mais au dernier moment il se plaqua au sol dans la neige. Ses dents se refermèrent sur la patte avant gauche de Spitz. Il y eut un craquement d'os brisé, et le chien blanc lui fit face sur trois pattes. Trois fois Buck essaya de le renverser, puis il répéta sa ruse et lui cassa la patte avant droite. Malgré sa douleur et son impuissance, Spitz luttait comme un fou pour se maintenir debout. Il voyait le cercle silencieux, avec les yeux brillants, les langues pendantes, les souffles argentés qui s'élevaient dans l'air, se refermer peu à peu sur lui, comme il avait vu dans le passé de semblables cercles se refermer sur des adversaires vaincus. Seulement, cette fois, c'était lui le perdant.

Il n'y avait pas d'espoir pour lui. Buck fut inexorable. La pitié était un luxe réservé aux contrées plus douces. Il manœuvra pour l'assaut final. Le cercle s'était resserré à tel point qu'il pouvait sentir les souffles des huskies sur ses flancs. Il pouvait les voir, derrière Spitz et de chaque côté de lui, à demi ramassés pour bondir, les yeux fixés sur leur victime. Il sembla y avoir une pause. Chaque animal était immobile, comme pétrifié. Seul Spitz frissonnait et se hérissait ; il chancelait d'avant en arrière, et grondait d'horribles menaces, comme pour faire fuir la mort imminente. Alors Buck se jeta sur lui puis se retira ; mais tandis qu'il bondissait, l'épaule avait enfin frappé en plein l'épaule. Le cercle noir devint un point sur la neige inondée de lune, cependant que Spitz disparaissait à la vue. Buck restait dressé, immobile, et observait, en champion victorieux, en mâle dominant des origines qui a donné le coup de grâce et a trouvé cela bon.

IV

Le vainqueur assure sa domination

– Hein, qu'est-ce que j'disais ? J'avais raison en soutenant qu'ce Buck valait deux démons.

Telles furent les paroles de François le lendemain matin quand il découvrit que Spitz manquait à l'appel et que Buck était couvert de blessures. Il le conduisit devant le feu et les détailla.

– Et ce Spitz s'est battu comme un diable, dit Perrault, en examinant les déchirures et les coupures béantes.

– Et ce Buck comme deux diables, répondit François. Maintenant on va pouvoir foncer. Plus d'Spitz, plus d'ennuis, certain.

Pendant que Perrault emballait le matériel de campement et chargeait le traîneau, le conducteur se mit à harnacher les chiens. Buck trotta jusqu'en tête, à la place qu'aurait occupée Spitz ; mais François, sans y faire attention, mena Sol-leks à la position qu'il convoitait. À son avis, Sol-leks était le meilleur chef de file qui leur restait. Buck se jeta sur son camarade avec fureur, le ramena en arrière et se mit à sa place.

– Eh, eh ! s'écria François, en se donnant joyeusement une claque sur les cuisses. Regarde ce Buck. I' tue ce Spitz, i' croit qu'i' va faire son boulot.

– Va-t'en, file, cria-t-il, mais Buck refusa de bouger.

Il saisit Buck par la peau du cou et, malgré ses grondements menaçants, il le tira sur un côté et le remplaça de nouveau par Sol-leks. Le vieux chien n'apprécia pas, et montra clairement qu'il avait peur de Buck. François resta inflexible mais, dès qu'il eut le dos tourné, Buck écarta de nouveau Sol-leks, qui ne manifesta aucune réticence à s'en aller.

François se mit en colère.

– Maintenant, bon Dieu, j' te règle ton compte ! s'écria-t-il, en revenant avec un lourd gourdin à la main.

Buck se rappela l'homme au gilet rouge, et battit lentement en retraite ; il n'essaya pas non plus de charger quand Sol-leks fut une fois encore placé à l'avant. Mais il tournait de façon à demeurer juste hors de portée du gourdin, en grondant d'amertume et de rage ; et tandis qu'il tournait ainsi, il regardait le gourdin pour esquiver le coup si François le lançait, car il était devenu un sage en la matière.

Le conducteur vaqua à son travail, et il appela Buck quand il fut prêt à l'installer à son ancien poste, devant Dave. Buck recula de deux ou trois pas. François le suivit, sur quoi il recula de nouveau. Ce manège dura un certain temps. François jeta son gourdin, croyant que Buck craignait une raclée. Mais il était plutôt en révolte ouverte. Ce qu'il voulait, ce n'était pas échapper à un coup de gourdin mais avoir la direction des opérations. Elle lui revenait de droit. Il l'avait gagnée, et il ne serait pas satisfait à moins.

Perrault tenta de prêter main-forte. À eux deux, ils lui coururent après pendant une petite heure. Ils lui jetaient des gourdins. Il esquivait. Ils le maudissaient, et aussi ses père et mère avant lui, et toute sa descendance à venir jusqu'à la dernière génération, et chaque poil de son corps et chaque goutte de sang dans ses veines ; lui répondait à leurs malédictions par des grondements et se tenait hors d'atteinte. Il n'essayait pas de s'enfuir, mais tournait tout autour du camp : il voulait simplement montrer que, quand on aurait satisfait son désir, il reviendrait et se comporterait bien.

François s'assit et se gratta la tête. Perrault regarda sa montre et jura. Le temps s'écoulait, et ils auraient dû être sur la piste depuis une heure. François, de nouveau, se gratta la tête. Hochant le chef[1], il sourit d'un air penaud au porteur de messages, qui haussa les épaules pour indiquer qu'ils étaient battus. Alors François se dirigea vers l'endroit où se tenait Sol-leks et fit appel à Buck. Celui-ci se mit à rire comme rient les chiens, mais garda ses distances. François détacha les traits de Sol-leks et le ramena à son ancienne position. L'attelage harnaché au traîneau formait une ligne continue, prêt pour la piste. Il n'y avait de place pour Buck qu'à l'avant. Une fois de plus François appela, et une fois de plus Buck ricana mais n'approcha pas.

– Jette le gourdin, ordonna Perrault.

François obéit, sur quoi Buck arriva en trottant, avec un rire de triomphe, et gagna sa place à la tête de l'attelage. On lui attacha ses traits, le traîneau s'élança, et avec les deux hommes qui couraient, ils se précipitèrent sur la piste de la rivière.

Le conducteur du traîneau avait déjà une haute estime de Buck, avec ses deux démons ; mais il découvrit, dès le début de la journée, qu'il l'avait encore sous-estimé. Instantanément Buck assuma les devoirs du chef ; dans les situations qui exigeaient du jugement, et de la rapidité dans la pensée et l'action, il se montra même supérieur à Spitz, dont François n'avait jamais vu l'égal.

Mais où Buck excellait, c'était pour imposer sa loi et obtenir de ses camarades qu'ils fussent à la hauteur. Le changement de

1. **Chef** : tête.

chef ne dérangea pas Dave et Sol-leks. Ce n'était pas leur affaire. Leur affaire à eux, c'était de trimer dans les traits, et de trimer avec vigueur. Pourvu qu'on n'entravât pas leur travail, ils ne se souciaient pas de ce qui se passait. Billie, la bonne pâte, aurait pu être mis en tête, ils s'en seraient moqués s'il avait maintenu l'ordre. Le reste de l'équipe, cependant, était devenu de plus en plus indiscipliné pendant les derniers jours de Spitz, et maintenant grande était leur surprise de voir Buck entreprendre de les mettre au pas.

Pike, qui tirait sur ses talons, et qui ne faisait jamais l'effort d'appuyer un peu plus contre la bricole[1] qu'il n'y était forcé, fut rudoyé[2] pour sa fainéantise de manière rapide et répétée ; et avant la fin du premier jour il tirait mieux qu'il ne l'avait jamais fait de sa vie. Le premier soir, au camp, Joe, le hargneux, reçut une bonne correction – chose que Spitz n'avait jamais réussi à faire. Buck s'installa simplement au-dessus de lui, l'écrasa de son poids supérieur, et le lacéra jusqu'au moment où il cessa d'essayer de mordre et se mit à implorer grâce en gémissant.

La tenue générale de l'attelage s'améliora immédiatement. Il retrouva sa solidarité première, et une fois de plus les chiens bondirent dans les traits comme un seul animal. Aux Rink Rapids, deux huskies indigènes, Teek et Koona, s'ajoutèrent à l'équipe ; et la célérité avec laquelle Buck les dressa coupa le souffle à François.

– Jamais vu un chien comme ce Buck, s'écria-t-il. Non, jamais ! I' vaut mille dollars, bon Dieu ! Hein ? Qu'est-ce t'en dis, Perrault ?

1. **Bricole** : partie du harnais contre laquelle s'appuie le poitrail des chiens.
2. **Rudoyé** : brutalisé.

Et Perrault approuva. Il était maintenant en avance sur le record, et gagnait du temps jour après jour. La piste était en excellent état, dure et bien tassée, et il n'y avait pas de neige fraîche pour gêner la progression. Il ne faisait pas trop froid. La température était à cinquante au-dessous de zéro et s'y maintint pendant tout le voyage. Les hommes montaient sur le traîneau, courant à tour de rôle, et l'on tenait les chiens en haleine, avec seulement de rares arrêts.

La rivière Thirty Mile était maintenant couverte de glace, et ils firent en un seul jour au retour ce qui leur en avait pris dix à l'aller. D'une seule traite, ils réussirent un bond de soixante milles depuis le bord du lac Lebarge jusqu'aux rapides de White Horse. En traversant Marsh, Tagish et Bennett (soixante-dix milles de lacs), ils volèrent si vite que l'homme dont c'était le tour de courir se fit tirer derrière le chariot au bout d'une corde. Et la dernière nuit de la seconde semaine, ils grimpèrent White Pass et dévalèrent la pente conduisant à la mer, avec les lumières de Skaguay et des navires à leurs pieds.

Ce fut un parcours en un temps record. Chaque jour, deux semaines durant, ils avaient atteint une moyenne de quarante milles. Pendant trois jours, Perrault et François bombèrent le torse en parcourant dans les deux sens la rue principale de Skaguay et furent submergés d'invitations à boire, tandis que l'attelage était le centre d'intérêt permanent d'une foule respectueuse d'amateurs de chiens et de conducteurs de traîneaux. Puis trois ou quatre

De la plage de Skaguay (aujourd'hui Skagway) part la route de la White Pass, deuxième voie permettant de rejoindre Dawson City et les gisements d'or du Klondike. Voir ci-dessus, note p. 30 et L'enquête p. 182.

Le sommet de la White Pass. Photographie, 1899.

mauvais garçons de l'Ouest se mirent en tête de plumer[1] la ville, se retrouvèrent, pour leur peine, criblés de balles (de vrais poivriers), et l'intérêt du public se détourna vers d'autres idoles. Ensuite vinrent des ordres officiels. François appela Buck auprès de lui, l'entoura de ses bras en pleurant. Et c'en fut terminé avec François et Perrault. Comme d'autres hommes, ils disparurent définitivement de la vie de Buck.

Un métis écossais les prit en charge, lui et ses camarades, et en compagnie d'une douzaine d'autres attelages, il repartit sur la

1. **Plumer** : voler, dévaliser.

piste épuisante de Dawson. Maintenant ce n'était plus de la course légère ni des temps records, mais une rude tâche quotidienne, avec un lourd fardeau à l'arrière ; car c'était le convoi postal chargé d'apporter des messages du monde entier aux hommes qui cherchaient de l'or dans l'obscurité du pôle.

Buck n'aimait pas ce travail, mais il tenait bien le coup ; il y mettait son orgueil à la manière de Dave et de Sol-leks, et veillait à ce que ses camarades, qu'ils en fussent fiers ou non, y prissent loyalement leur part. C'était une vie monotone, qui fonctionnait avec une régularité de machine. Un jour ressemblait énormément à un autre. À une certaine heure, chaque matin, les cuisiniers apparaissaient, on allumait des feux, on prenait le petit-déjeuner. Puis, pendant que certains levaient le camp, d'autres harnachaient les chiens, et on se mettait en route une heure environ avant la disparition des ténèbres qui annonçait l'aube. Le soir, on établissait un nouveau camp. Certains dressaient les tentes, d'autres coupaient du bois pour le feu et des branches de pin pour les lits, d'autres encore apportaient de l'eau ou de la glace pour les cuisiniers. Et puis, on nourrissait les chiens. Pour eux, c'était le seul temps fort de la journée : mais ils appréciaient aussi, après avoir mangé le poisson, de traîner à peu près une heure avec les autres chiens, qui étaient un peu plus d'une centaine. Il y avait des battants féroces parmi eux, mais trois bagarres avec les plus farouches avaient assuré la domination de Buck, si bien qu'ils se détournaient de son chemin quand il se hérissait et montrait les dents.

Ce qu'il aimait peut-être le plus, c'était rester allongé près du feu, pattes arrière repliées sous son corps, pattes avant allongées, tête dressée, en clignant rêveusement des yeux face aux flammes. Parfois, il pensait à la grande maison du juge Miller, dans la vallée ensoleillée de Santa Clara, à la citerne en ciment qui servait de piscine, à Ysabel, la chienne mexicaine sans poils, et à Toots, le carlin japonais ; mais il se rappelait encore plus souvent l'homme au gilet rouge, la mort de Curly, le grand combat avec Spitz, et les bonnes choses qu'il avait mangées ou qu'il aurait aimé manger. Il n'avait pas le mal du pays. La Terre du soleil était maintenant très vague et très lointaine, et de tels souvenirs n'avaient aucun pouvoir sur lui. Bien plus puissants étaient les souvenirs héréditaires, qui donnaient à des choses qu'il n'avait jamais vues auparavant une apparence familière ; les instincts (qui n'étaient autres que les souvenirs de ses ancêtres transformés en habitudes), disparus récemment ou à des époques encore plus lointaines, se ranimaient à présent en lui et revenaient à la vie.

Parfois, alors qu'il restait là accroupi, à cligner rêveusement des yeux face aux flammes, il lui semblait que ces flammes appartenaient à un autre feu, et qu'accroupi près de cet autre feu il voyait devant lui un autre homme, différent du cuisinier métis. Cet homme avait des jambes plus courtes, des bras plus longs, des muscles filiformes[1] et noueux plutôt qu'arrondis et saillants. Sa chevelure était longue et emmêlée, et juste au-dessous d'elle, sa tête formait une ligne oblique partant des yeux. Il émettait des sons bizarres, et semblait avoir très peur des ténèbres, qu'il scrutait sans arrêt, en serrant fort dans sa main, qui pendait à mi-hauteur entre son genou et son pied, un bâton avec une lourde pierre attachée à son extrémité. Il était presque nu, avec

1. **Filiformes** : fins et allongés comme un fil.

une peau de bête en loques et roussie par le feu qui lui couvrait seulement une partie du dos, mais sur son corps il y avait beaucoup de poils. À certains endroits, sur la poitrine, les épaules, l'extérieur des bras et des cuisses, ils formaient presque une épaisse fourrure. Il ne se tenait pas dressé, mais son tronc s'inclinait en avant à partir des hanches, sur des jambes arquées au niveau des genoux. Il y avait dans son corps une souplesse ou une élasticité particulières, presque félines, et un état d'extrême vigilance, comme s'il vivait dans la crainte perpétuelle de ce qu'il voyait ou ne pouvait voir.

D'autres fois, cet homme velu[1] était accroupi près du feu, la tête entre les jambes, et il dormait. Dans ces moments-là, ses coudes reposaient sur ses genoux, ses mains se serraient au-dessus de sa tête comme s'il voulait se protéger de la pluie avec ses bras poilus. Et au-delà de ce feu, dans l'obscurité qui l'entourait, Buck pouvait voir de nombreuses braises étincelantes, deux par deux, toujours deux par deux : il savait que c'étaient les yeux de grandes bêtes de proie. Il pouvait entendre le fracas[2] de leurs corps dans les sous-bois et les bruits qu'elles faisaient dans la nuit. Et tandis qu'il rêvait là sur la rive du Yukon, en clignant paresseusement des yeux en direction du feu, ces bruits et ces images d'un autre monde amenaient son poil à se hérisser le long du dos et à se dresser entre ses épaules jusqu'au cou ; il en arrivait à pousser à voix basse et étouffée des gémissements, ou à grogner doucement – et alors le cuisinier métis lui criait :

– Hé ! Buck, réveille-toi !

1. **Velu** : poilu.
2. **Fracas** : bruit violent.

Sur quoi l'autre monde s'évanouissait, le monde réel revenait dans ses yeux ; et il se redressait, bâillait et s'étirait comme s'il avait dormi.

Ce fut un rude voyage, avec le courrier à tirer derrière eux, et la dureté du travail qui les épuisait. Ils étaient amaigris et peu en forme quand ils atteignirent Dawson, et ils auraient dû prendre au moins dix jours ou une semaine de repos. Mais deux jours après, ils repartaient des Barracks et dévalaient la rive du Yukon, chargés de lettres pour le monde extérieur. Les chiens étaient fatigués, les conducteurs grognons, et pour comble d'infortune il neigeait tous les jours. Cela voulait dire une piste molle, davantage de résistance pour les patins et une charge plus difficile à traîner pour les chiens ; pourtant les conducteurs se comportaient loyalement dans toutes ces épreuves, et faisaient de leur mieux pour les bêtes.

Chaque soir, on s'occupait d'abord des chiens. Ils mangeaient avant les conducteurs, et aucun homme ne cherchait son sac de couchage avant d'avoir pris soin des pattes des animaux qu'il conduisait. Leurs forces faiblissaient malgré tout. Depuis le début de l'hiver, ils avaient parcouru dix-huit cents milles, en tirant des traîneaux sur toute cette épuisante distance ; et dix-huit cents milles se font sentir sur les plus robustes. Buck le supportait, veillait au travail de ses camarades et maintenait la discipline ; mais lui aussi était très fatigué. Toutes les nuits, Billie pleurait et geignait régulièrement dans son sommeil. Joe était plus hargneux que jamais, et il était impossible d'approcher Sol-leks, de son côté aveugle comme de l'autre.

Mais c'était Dave qui souffrait le plus. Quelque chose n'allait plus chez lui. Il devenait plus morose[1] et plus irritable, et dès

1. **Morose** : triste.

qu'on établissait le camp il creusait son trou, où son conducteur lui apportait à manger. Une fois qu'on lui avait ôté le harnais, il se couchait et ne se remettait sur ses pattes qu'au matin, lorsqu'on le harnachait de nouveau. Parfois, dans les traits, quand un arrêt soudain du traîneau le secouait, ou dans l'effort du démarrage, il criait de douleur. Son conducteur l'examina sans rien trouver. Tous les conducteurs s'intéressèrent à son cas. Ils en parlaient au moment du repas, et en fumant leur dernière pipe avant d'aller se coucher. Un soir, ils tinrent consultation. On l'amena de son abri auprès du feu ; on palpa son corps, on lui donna de petits coups jusqu'à le faire crier à plusieurs reprises. Quelque chose n'allait pas à l'intérieur, mais ils ne purent trouver aucun os cassé ni rien y comprendre.

Au moment où l'on atteignit Cassiar Bar, il était si faible qu'il tombait régulièrement dans les traits. Le métis écossais ordonna une halte et le sortit de l'attelage, puis attacha au traîneau le chien suivant, Sol-leks. Son intention était de laisser Dave se reposer, en lui permettant de courir librement derrière le traîneau. Mais Dave avait beau être malade, il acceptait très mal d'être mis à l'écart ; il grogna et gronda pendant qu'on détachait ses traits, et il gémit à fendre l'âme quand il vit Sol-leks à la place qu'il avait occupée en bon serviteur pendant si longtemps. Car il avait l'orgueil du trait et de la piste et, même mortellement malade, il ne pouvait supporter qu'un autre chien fît son travail.

Quand le traîneau repartit, il avança péniblement dans la neige fraîche, le long de la piste battue ; mais il attaquait Sol-leks avec les dents, se ruait contre lui et essayait de le pousser de l'autre côté, en s'acharnant à bondir dans ses traits et à se glisser entre lui et le traîneau ; et pendant tout ce temps il gémissait, jappait et pleurait de chagrin et de douleur. Le métis tentait de l'écarter à coups de fouet ; mais le chien ne tenait aucun compte de la lanière cinglante[1], et l'homme n'avait pas le cœur de frapper plus fort. Dave refusait de courir tranquillement sur la piste derrière le traîneau, où la marche était facile ; il préférait continuer à patauger de côté dans la neige molle, où il était très difficile d'avancer, de sorte qu'il s'épuisait. Alors il tomba et resta étendu sur place ; quand la longue file de traîneaux le dépassa, il poussa des hurlements lugubres.

En rassemblant le peu de force qui lui restait, il réussit à se maintenir tant bien que mal à l'arrière, jusqu'au moment où la file fit un nouvel arrêt ; alors il dépassa les traîneaux en titubant jusqu'au sien, et il s'arrêta à côté de Sol-leks. Son conducteur s'attarda un instant à demander du feu pour sa pipe à l'homme qui le suivait. Puis il revint et fit démarrer ses chiens. Ils attaquèrent la piste presque sans effort, tournèrent la tête avec inquiétude et s'arrêtèrent tout surpris. Surpris, le conducteur l'était aussi : le traîneau n'avait pas bougé. Il appela ses camarades pour constater les faits. Dave avait totalement rongé les deux traits de Sol-leks, et se tenait exactement devant le traîneau, à sa place habituelle.

Il implorait des yeux le droit de rester là. Le conducteur était perplexe. Ses camarades dirent qu'un chien pouvait avoir le cœur brisé si on lui refusait le travail qui le tuait, et rappelèrent des exemples qu'ils avaient connus, où certains, devenus trop vieux pour ce labeur, ou bien blessés, étaient morts parce qu'on

1. **Cinglante** : qui fouette avec violence.

les avait privés des traits. En outre, ils plaidèrent pour la pitié : puisque Dave devait mourir de toute façon, qu'on le laisse du moins mourir dans les traits, le cœur serein et satisfait ! On le harnacha donc de nouveau, et fièrement il tira, comme au bon vieux temps, mais plus d'une fois la morsure de son mal interne lui fit pousser des cris involontaires. À plusieurs reprises, il tomba et fut emporté dans les traits ; une fois, le traîneau lui passa même sur le corps, si bien qu'ensuite il boita sur une de ses pattes arrière.

Mais il tint le coup jusqu'à l'heure où on dressa le camp ; alors son conducteur lui fit une place près du feu. Le matin, on constata qu'il était trop faible pour continuer. Au moment du harnachement, il essaya de ramper jusqu'à son conducteur. Avec des efforts convulsifs[1], il se mit sur ses pattes, tituba et tomba. Alors il rampa lentement, à plat ventre, jusqu'à l'endroit où l'on mettait les harnais à ses camarades. Il lançait ses pattes avant et redressait son corps dans une espèce de mouvement saccadé, puis il recommençait et progressait de nouveau, en un soubresaut, de quelques pouces supplémentaires. Mais ses forces l'abandonnèrent, et la dernière vision que ses camarades emportèrent de lui fut celle d'un chien suffoquant dans la neige et aspirant désespérément à les rejoindre. Et ils purent l'entendre hurler lugubrement jusqu'au moment où ils le perdirent de vue derrière un rideau d'arbres bordant la rivière.

Alors on arrêta la file. Le métis écossais fit lentement demi-tour jusqu'au camp qu'ils avaient abandonné. Les hommes cessèrent de parler. Un coup de revolver retentit. L'homme revint

1. **Convulsifs** : secoués de mouvements nerveux involontaires.

précipitamment. Les fouets claquèrent, les clochettes tintèrent joyeusement, les traîneaux s'élancèrent sur la piste dans un nuage de neige ; mais Buck savait, comme tous les autres chiens, ce qui s'était passé derrière le rideau d'arbres de la rivière.

V

Le supplice du trait et de la piste

Trente jours après son départ de Dawson, le courrier de Salt Water, avec Buck et ses compagnons à l'avant, arriva à Skaguay. Ils étaient en piteux[1] état, complètement épuisés et usés jusqu'à la corde. Les cent quarante livres de Buck s'étaient réduites à cent quinze. Ses autres camarades, alors qu'ils étaient pourtant plus légers, avaient perdu relativement plus de poids que lui. Pike le simulateur, qui, au cours de son existence de duplicité[2], avait souvent feint avec succès une blessure à la jambe, boitait maintenant pour de bon. Sol-leks clopinait aussi, et Dub souffrait d'une foulure à l'omoplate.

Ils avaient tous terriblement mal aux pattes. Ils n'étaient plus capables de sauter ni de rebondir. Leurs pas pesaient lourdement sur la piste, ce qui leur meurtrissait le corps et multipliait par deux la fatigue d'un jour de voyage. Leur seul problème, c'est qu'ils étaient morts de fatigue. Ce n'était pas l'épuisement passager dû à un effort bref et excessif, et dont on peut se remettre en quelques heures ; non, c'était l'épuisement total qui provient de l'extinction lente et prolongée des forces consécutive à des mois de dur labeur. Il n'y avait plus en eux de possibilité de récupération, ni de réserve de force à laquelle on pût faire appel. Elle avait été intégralement usée, jusqu'à la moindre parcelle. Chaque muscle, chaque fibre,

1. **Piteux** : lamentable.
2. **Duplicité** : fausseté, hypocrisie.

chaque cellule était fatiguée, morte de fatigue. Et il y avait une bonne raison à cela. En moins de cinq mois, ils avaient parcouru deux mille cinq cents milles, et pendant les derniers dix-huit cents milles ils n'avaient eu que cinq jours de repos. Quand ils arrivèrent à Skaguay, ils étaient manifestement au bout du rouleau. Ils pouvaient à peine maintenir les traits tendus, et dans la descente ils réussirent tout juste à se tenir hors de portée du traîneau.

– En avant, pauvres bêtes ! Vos pattes vous font mal, les encourageait leur conducteur tandis qu'ils descendaient en titubant la grande rue de Skaguay. Mais c'est fini. Maintenant on va se reposer longtemps, hein ? Mais oui, sûr et certain. Un sacré long repos !

Les conducteurs étaient persuadés qu'ils pouvaient compter sur une longue halte. Eux-mêmes avaient couvert douze cents milles avec seulement deux jours de repos et, en toute justice, ils méritaient raisonnablement une pause pour se prélasser[1]. Mais il y avait tellement d'hommes qui s'étaient rués au Klondike, et il y avait tellement de petites amies, d'épouses et de parents qui n'avaient pu les suivre, que le courrier engorgé s'élevait aussi haut que les Alpes ; en outre, il existait des ordres officiels. De nouvelles fournées de chiens de la baie d'Hudson devaient remplacer ceux qui étaient devenus inaptes à la piste. Ces inaptes, il fallait s'en débarrasser, et puisque des chiens comptaient peu face à des dollars, on devait les vendre.

Trois jours s'écoulèrent, pendant lesquels Buck et ses camarades découvrirent à quel point ils pouvaient être fatigués et affaiblis. Puis, le matin du quatrième jour, deux hommes venus des États-Unis arrivèrent et les achetèrent, avec les harnais et

1. **Se prélasser** : se reposer, prendre du bon temps.

tout le reste, pour une bouchée de pain. Les hommes, entre eux, s'appelaient Hal et Charles. Charles était un homme d'un certain âge, au teint clair, avec des yeux humides et pâles ; sa moustache se redressait avec une énergie farouche – impression démentie par la lèvre mollement abaissée qu'elle masquait. Hal, lui, était un jeune homme de dix-neuf ou vingt ans, avec un gros colt et un couteau de chasse attachés à une ceinture qui débordait de cartouches. Cette ceinture était ce qu'on remarquait le plus chez lui. Elle révélait son manque de maturité – une immaturité indicible, à l'état pur. Les deux hommes n'étaient manifestement pas à leur place, et la raison pour laquelle de tels êtres s'aventuraient dans le Nord relevait d'un mystère qui dépasse l'entendement[1].

Buck entendit la négociation, vit l'argent passer de la main de l'homme à celle de l'agent du gouvernement, et comprit que le métis écossais et les conducteurs de l'attelage postal étaient en train de disparaître de sa vie comme ç'avait été le cas pour Perrault, François et les autres qui les avaient précédés. Quand on le conduisit avec ses camarades au camp du nouveau propriétaire, Buck constata que tout était négligé et peu soigné : tente mal dressée, assiettes mal lavées, un désordre général ; de plus, il vit une femme, que les hommes appelaient Mercedes. C'était la femme de Charles et la sœur de Hal – une charmante petite famille.

Buck observa avec appréhension la manière dont ils s'y prenaient pour défaire la tente et charger le traîneau. Ils déployaient de grands efforts, mais sans aucune méthode. Ils enroulèrent

1. **Entendement** : compréhension, intelligence.

maladroitement la tente, en formant un paquet trois fois plus grand qu'il aurait fallu. Les assiettes en fer-blanc furent rangées sans être lavées. Mercedes voltigeait sans arrêt comme un papillon en gênant les deux hommes, et babillait à jet continu des reproches et des conseils. Quand ils placèrent un grand sac de vêtements sur le devant du traîneau, elle suggéra de le mettre à l'arrière ; mais quand ils l'eurent installé à l'arrière, et recouvert avec deux des paquets, elle découvrit des objets oubliés qui ne pouvaient se trouver que dans ce sac-là, et ils durent décharger de nouveau.

Trois hommes sortis d'une tente voisine regardaient, en s'adressant des sourires et des clins d'œil.

– Vous avez là un bien joli chargement, déclara l'un d'eux ; c'est pas moi qui devrais m'occuper de vos affaires, mais si j'étais vous j'emporterais pas cette tente.

– Impensable, s'écria Mercedes, qui leva les bras au ciel pour exprimer le désarroi de sa nature délicate. Comment donc pourrais-je me débrouiller sans tente ?

– C'est le printemps, vous n'aurez plus de temps froid, répliqua l'homme.

Elle fit résolument non de la tête, et Charles et Hal placèrent les derniers articles restants au sommet d'un chargement haut comme une montagne.

– Vous pensez que ça ira ? demanda l'un des hommes.

– Pourquoi pas ? coupa Charles plutôt sèchement.

– Oh ! Très bien, très bien, se hâta d'approuver l'homme d'un ton doucereux. J'étais juste un peu étonné, voilà tout. Ça paraissait un tantinet[1] déséquilibré.

1. **Un tantinet** : un peu.

Charles leur tourna le dos et tendit les courroies aussi bien que possible – c'est-à-dire pas bien du tout.

– Et bien sûr les chiens peuvent trotter toute la journée avec ce machin derrière eux, affirma le second.

– Assurément, fit Hal avec une politesse glaciale, avant de saisir la barre de direction d'une main et de faire tournoyer son fouet de l'autre.

– Hue ! cria-t-il. Allez, en route !

Les chiens bondirent contre les bricoles, tirèrent très fort quelques instants, puis renoncèrent. Ils étaient incapables de déplacer le traîneau.

– Les fainéants, je vais leur montrer ! cria-t-il, en se préparant à les cingler de son fouet.

Mais Mercedes s'interposa avec des cris.

– Oh ! Hal, tu ne dois pas faire ça !

Et elle saisit le fouet et le lui arracha.

– Les pauvres choux ! Maintenant il faut me promettre de ne pas être dur avec eux pendant le reste du voyage, ou je refuse d'avancer d'un pas.

– J'apprécie tout ce que tu sais sur les chiens, ricana son frère, mais je préférerais que tu me laisses faire tout seul. Ce sont des paresseux, je te dis, et il faut jouer du fouet pour en tirer quelque chose. C'est comme ça avec eux. Demande à n'importe qui. Demande à un de ces hommes.

Mercedes les regarda d'un air suppliant ; on lisait sur son joli minois[1] une répugnance indicible au spectacle de la douleur.

1. **Minois** : visage.

– Ils sont mous et tout faibles, si vous voulez savoir, répondit l'un des hommes. Complètement claqués, voilà le problème. Ils ont besoin de repos.

– Le repos, on s'en fout ! dit Hal entre ses lèvres imberbes[1].

Mercedes fit « Oh ! », peinée et attristée par cette inconvenance. Mais elle avait l'esprit de clan, et se précipita aussitôt pour défendre son frère.

– Peu importe ce que dit cet homme, déclara-t-elle ostensiblement. C'est toi qui conduis nos chiens, et tu les traites comme tu le juges bon.

De nouveau, le fouet de Hal s'abattit sur eux. Ils se jetèrent sur les bricoles, enfoncèrent leurs pattes dans la neige tassée, s'arcboutèrent et déployèrent toute leur force. Le traîneau demeura immobile comme une ancre. Après deux autres essais, ils restèrent sans bouger, haletants. Le fouet sifflait brutalement ; alors, une nouvelle fois, Mercedes s'en mêla. Elle se laissa tomber à genoux devant Buck, avec des larmes dans les yeux, et lui enlaça le cou avec ses bras.

– Pauvres, pauvres chéris ! s'écria-t-elle dans un élan de compassion. Pourquoi ne tirez-vous pas plus fort ? On ne serait pas obligé de vous donner le fouet.

Buck ne l'aimait pas, mais il se sentait trop malheureux pour lui résister : cela aussi faisait partie des misères de cette journée de labeur.

L'un des spectateurs, qui serrait les dents pour éviter de s'emporter, ne put se retenir de parler.

1. **Imberbes** : sans barbe.

– Je me fiche pas mal de ce qui peut vous arriver à vous, mais pour les chiens, je veux juste vous dire que vous pourriez sacrément les aider en dégageant ce chariot. Les patins sont vite gelés. Pesez de tout votre poids sur la barre de direction, à droite et à gauche, et décollez-le.

Ils firent une troisième tentative, mais cette fois Hal suivit le conseil et dégagea les patins qui avaient gelé et collé à la neige. Le traîneau surchargé et peu maniable finit par avancer ; Buck et ses compagnons luttaient désespérément sous une grêle de coups. À cent yards de là, le chemin tournait et débouchait en pente raide sur la grand-rue. Il aurait fallu beaucoup d'expérience pour maintenir droite cette masse déséquilibrée, et Hal n'en avait aucune. Quand ils prirent le tournant, le traîneau capota et renversa la moitié de son chargement à travers les courroies mal serrées. Les chiens ne s'arrêtèrent pas. Le traîneau allégé faisait, derrière eux, des bonds sur un côté. Ils étaient en colère à cause du mauvais traitement qu'ils avaient subi et du chargement injustifié. Buck enrageait. Il prit sa course, suivi de son équipe. Hal criait « Ho ! halte ! », mais ils n'en tenaient aucun compte. Il trébucha et perdit l'équilibre. Le traîneau renversé lui passa sur le corps, les chiens montèrent la rue à toute vitesse et, à la plus grande joie de Skaguay, ils dispersèrent le reste du matériel le long de l'artère principale.

Des citoyens charitables rattrapèrent les chiens et rassemblèrent les objets éparpillés. Ils donnèrent aussi des conseils. Moitié moins de charge et deux fois plus de chiens, s'ils comptaient atteindre Dawson – voilà ce qu'on leur dit. Hal, sa sœur et son beau-frère écoutèrent de mauvaise grâce, dressèrent la tente et revirent l'équipement. Ils vidèrent les conserves, ce qui fit rire les gens, car, sur la Longue Piste, les conserves n'existent qu'en rêve.

– Couvertures pour hôtel, fit l'un des hommes qui venaient à la rescousse en riant. La moitié, c'est encore trop ; débarrassez-vous-en ! Laissez aussi cette tente, et toutes ces assiettes – de toute façon, qui va les laver ? Bon Dieu, vous croyez que vous voyagez en wagon-lit ?

Ainsi se déroula l'élimination inexorable[1] du superflu. Mercedes pleura quand ses sacs de vêtements furent déversés sur le sol et que tout fut jeté article après article. Elle pleurait sans arrêt, et elle pleura en particulier sur chaque objet qu'on abandonnait. Elle croisait les mains sur ses genoux et se balançait d'avant en arrière comme si on lui brisait le cœur. Elle affirmait qu'elle ne bougerait pas d'un pouce, même pour une douzaine de Charles. Elle implora tout le monde, puis elle finit par s'essuyer les yeux et se mit à jeter même des pièces d'habillement qui lui étaient impérativement nécessaires. Et dans son zèle, quand elle en eut fini avec ce qui lui appartenait, elle s'attaqua aux affaires de ses hommes et les tria telle une tornade.

Une fois cette tâche achevée, le matériel, même réduit de moitié, représentait encore une masse formidable. Charles et Hal sortirent le soir et acquirent six chiens supplémentaires. Ceux-ci, ajoutés aux six de l'équipe d'origine, et à Teek et Koona, les huskies achetés aux Rink Rapids pendant le trajet du record, portèrent l'attelage à quatorze bêtes. Mais les chiens du dehors, quoiqu'ils fussent presque dressés depuis leur débarquement, ne

1. **Inexorable** : impitoyable.

Portrait de Hal. Illustration de 1903.

valaient pas grand-chose. Trois étaient des pointers[1] à poil ras, l'un un terre-neuve, et les deux autres des bâtards de race indéterminée. Ils paraissaient ne rien savoir, ces nouveaux venus. Buck, comme ses camarades, les considérait avec aversion ; il leur apprit rapidement leur place et ce qu'il ne fallait pas faire ; mais il ne put leur apprendre ce qu'il convenait de faire. Ils n'appréciaient guère le trait et la piste. À l'exception des deux bâtards, l'environnement étrange et sauvage dans lequel ils se trouvaient et le mauvais traitement qu'ils avaient subi les déroutaient et brisaient leur courage. Quant aux deux bâtards, ils n'avaient absolument aucun courage ; il n'y avait que leurs os que l'on pût briser.

1. **Pointers** : chiens d'arrêt (qui s'arrêtent quand ils flairent le gibier).

Avec ces novices[1] désespérés et malheureux, et le vieil équipage exténué par deux mille cinq cents milles de piste en continu, les perspectives d'avenir n'avaient rien de brillant. Les deux hommes, pourtant, étaient de très bonne humeur. Et ils se montraient fiers aussi. Ils menaient grand train, avec leurs quatorze chiens. Ils avaient vu d'autres traîneaux partir pour Dawson par le col, ou en revenir, mais jamais ils n'en avaient vu avec autant de bêtes. Étant donné les contraintes du voyage arctique, il y avait une bonne raison pour qu'un seul traîneau ne fût pas tiré par quatorze chiens : un seul traîneau ne pouvait transporter la nourriture d'un si grand nombre d'animaux. Mais Charles et Hal l'ignoraient. Ils avaient planifié le trajet un crayon à la main : tant par chien, tant de chiens, et tant de journées, CQFD[2]. Mercedes regardait par-dessus leurs épaules et approuvait complètement : tout était si simple !

Le lendemain, tard dans la matinée, Buck remonta la rue à la tête du long attelage. Aucune vitalité, aucune énergie, aucun allant chez lui et ses camarades. Ils démarraient morts de fatigue. Il avait couvert déjà quatre fois la distance entre Salt Water et Dawson, et savoir que, éreinté et épuisé, il allait une fois de plus affronter la même piste le rendait amer. Il n'avait pas le cœur à l'ouvrage, ni d'ailleurs aucun autre chien. Les nouveaux étaient craintifs et effrayés, et les anciens n'avaient pas confiance dans leurs maîtres.

Buck sentait vaguement qu'on ne pouvait pas compter sur ces deux hommes et sur cette femme. Ils ne savaient rien faire et,

1. **Novices** : débutants.
2. **CQFD** : abréviation de « ce qu'il fallait démontrer ».

alors que les jours passaient, il devenait clair qu'ils ne pourraient jamais apprendre. Ils étaient négligents dans tous les domaines, sans ordre ni discipline. Monter un camp peu soigné leur prenait la moitié de la nuit, et il leur fallait une demi-matinée pour lever ce camp et charger le traîneau d'une façon si bâclée qu'ils passaient le reste de la journée à s'arrêter et à remettre d'aplomb le chargement. Certains jours, ils ne parcouraient pas dix milles. D'autres, ils étaient même incapables de démarrer. Et pas une seule journée ils ne réussirent à faire mieux que la moitié de la distance moyenne choisie par les deux hommes pour évaluer la nourriture nécessaire aux chiens.

Il était fatal que les vivres vinssent à leur manquer. Mais ils hâtèrent ce moment en nourrissant trop les bêtes, rendant ainsi plus proche le jour où commencerait la pénurie[1]. Les chiens supplémentaires, dont l'estomac n'avait pas été habitué par une famine chronique à tirer le meilleur parti de petites quantités, avaient des appétits voraces. Et comme, pour ajouter à cela, les huskies épuisés tiraient faiblement, Hal décida que la ration classique était insuffisante. Il la doubla. Pour couronner le tout, quand Mercedes ne pouvait l'amener, à force de cajoleries, avec des larmes dans ses jolis yeux et un tremblement dans la voix, à donner aux chiens encore davantage, elle volait dans les sacs de poisson et les nourrissait en cachette. Or Buck et les huskies n'avaient pas besoin de poisson, mais de repos. Et ils avaient beau avancer lentement, le lourd chargement qu'ils traînaient minait[2] sérieusement leur force.

1. **Pénurie** : manque.
2. **Minait** : affaiblissait.

Alors vint le rationnement[1]. Un jour, Hal prit enfin conscience que la nourriture avait diminué de moitié alors qu'ils avaient seulement couvert un quart du trajet ; qu'en outre on ne pouvait espérer aucun supplément, ni en payant ni en jouant sur les sentiments. Alors il réduisit même la ration normale et essaya d'augmenter le trajet quotidien. Sa sœur et son beau-frère l'approuvaient ; mais leurs efforts étaient contrariés par la lourdeur du chargement et par leur propre incompétence. Rien de plus simple que de donner moins de nourriture aux chiens ; mais impossible de les faire avancer plus vite, alors que leur propre incapacité à se mettre en route plus tôt le matin empêchait d'augmenter le nombre d'heures de trajet. Non seulement ils ne savaient pas faire travailler les bêtes, mais encore ils ne savaient pas travailler eux-mêmes.

Le premier à s'en aller fut Dub. Pauvre voleur maladroit, toujours à se faire attraper et punir, il avait été néanmoins un travailleur fidèle. Son omoplate foulée, mal soignée et privée de repos, alla de mal en pis ; finalement, Hal l'abattit avec son gros colt. On dit dans la région qu'un chien étranger au pays meurt de faim avec la ration d'un husky ; les six chiens supplémentaires placés sous l'autorité de Buck devaient donc fatalement mourir avec la moitié de cette ration. Ce fut d'abord le terre-neuve, que suivirent les trois pointers à poil court ; les deux bâtards s'accrochèrent à la vie avec davantage de cran, mais finirent par y passer.

À ce moment, tous les raffinements et toute la douceur des terres du Sud avaient abandonné ces trois personnes. Dépouillé de son charme romantique, le voyage arctique devenait une réalité trop dure pour la virilité des deux hommes et la féminité de leur

1. **Rationnement** : distribution par petites quantités.

compagne. Mercedes cessa de pleurer sur le sort des chiens, trop occupée maintenant à se lamenter sur le sien propre et à se disputer avec son mari et son frère. Les querelles étaient la seule chose qui ne les fatiguât jamais. Leur irritabilité naissait de leurs malheurs, grandissait avec eux, les augmentait, les dépassait de loin. La merveilleuse patience de la piste, celle qui vient aux hommes qui triment et souffrent dur, mais conservent dans la conversation leur gentillesse et leur aménité[1], ne toucha ni ces deux hommes ni cette femme. Ils n'avaient aucune idée d'une telle patience. Ils étaient raidis dans leur douleur ; leurs muscles, leurs os, même leur cœur les faisaient souffrir ; aussi leur conversation devint-elle mordante, et du matin jusque tard le soir ils n'avaient plus aux lèvres que des paroles dures.

Charles et Hal se chamaillaient toutes les fois que Mercedes leur en offrait le prétexte. Chacun nourrissait la conviction qu'il faisait plus que sa part de travail, et aucun d'eux ne se privait d'exprimer cette conviction en toute occasion. Tantôt Mercedes prenait parti pour son frère, tantôt pour son mari. Il en résultait une belle et incessante querelle familiale. À partir d'une dispute pour savoir lequel couperait quelques bouts de bois pour le feu (ce qui regardait seulement Charles et Hal), on en arrivait bientôt au reste de la famille, pères, mères, oncles, cousins, à des gens éloignés de milliers de milles, et dont certains étaient morts. Que les vues de Hal sur l'art, ou sur le genre de pièces mondaines[2] qu'écrivait le frère de sa mère, pussent avoir le moindre rapport avec le fait de couper ces quelques bouts de bois pour faire du

1. **Aménité** : amabilité.
2. **Pièces mondaines** : pièces de théâtre destinées aux gens de la haute société.

feu, dépasse l'entendement ; néanmoins, la querelle pouvait aussi bien prendre cette tournure qu'aboutir aux préjugés politiques de Charles. Quant à établir un lien entre les médisances de la sœur de Charles et l'allumage d'un feu dans le Yukon, c'était une évidence pour la seule Mercedes, qui se défoulait en commérages interminables sur ce thème, et accessoirement sur quelques autres traits déplaisants propres à la famille de son mari. Pendant ce temps le feu n'était pas allumé, le camp demeurait à moitié établi, et les chiens sans nourriture.

Mercedes nourrissait une rancune spéciale – celle de son sexe. Elle était douce et jolie, et on l'avait traitée toute sa vie avec galanterie. Mais la manière dont la traitaient à présent son mari et son frère était tout sauf galante. C'était son habitude de rester oisive. Ils s'en plaignaient. Empêchée d'exercer ce qui constituait pour elle la prérogative[1] la plus essentielle de son sexe, elle leur rendait la vie insupportable. Elle ne tenait plus compte des chiens, et comme elle était endolorie et fatiguée, elle s'obstinait à monter sur le traîneau. Elle avait beau être douce et jolie, elle pesait cent vingt livres – la goutte d'eau en trop qui, s'ajoutant à la charge tirée par les animaux affaiblis et mourant de faim, faisait déborder la coupe. Pendant des jours, elle monta ainsi, jusqu'au moment où ils tombaient dans les traits et où le chariot s'immobilisait. Charles et Hal la suppliaient de descendre et de marcher, parlementaient avec elle, l'imploraient ; pendant ce temps, elle pleurait et fatiguait le ciel en énumérant leurs brutalités.

Une fois, ils la firent descendre de force du traîneau. Ils ne recommencèrent jamais. Elle laissa ses jambes s'affaisser comme

1. **Prérogative** : privilège.

une enfant gâtée et s'assit sur la piste. Ils continuèrent leur chemin, mais elle ne bougea pas. Après avoir parcouru trois milles, ils déchargèrent le traîneau, revinrent la chercher et l'y remirent de force.

Dans l'excès de leur propre malheur, ils restaient insensibles à la souffrance de leurs bêtes. La théorie de Hal, qu'il faisait mettre en pratique aux autres, était qu'on devait s'endurcir. Il avait commencé à la prêcher à sa sœur et à son beau-frère. Comme il avait échoué, il la martelait aux chiens avec un gourdin. Aux Five Fingers, leur nourriture était épuisée, et une vieille squaw[1] édentée leur offrit d'échanger quelques livres de peau de cheval congelée contre le colt qui tenait compagnie au gros couteau de chasse sur le ceinturon de Hal. Ce cuir constituait un pauvre succédané[2] de nourriture : il avait été arraché six mois auparavant aux chevaux morts de faim de quelques vachers. À l'état congelé, il ressemblait plutôt à des bandes de fer galvanisé, et quand un chien réussissait, au prix de longs efforts, à l'introduire dans son estomac, il formait en se dégelant de maigres morceaux coriaces et peu nourrissants, et produisait aussi une masse de poils courts, irritante et impossible à digérer.

À travers toutes ces épreuves, Buck titubait en tête de l'attelage, comme dans un cauchemar. Il tirait quand il en était capable ; quand il ne pouvait plus, il tombait et restait à terre jusqu'au moment où les coups de fouet ou de gourdin le remettaient sur ses pattes. Toute la fermeté et le brillant éclat de son beau manteau de fourrure s'étaient envolés. Son poil pendait, flasque et sali, ou

1. **Squaw** : femme indienne.
2. **Succédané** : produit de remplacement.

bien mêlé de sang séché là où le gourdin de Hal l'avait meurtri. Ses muscles avaient dépéri, réduits à l'état de cordes noueuses, et les coussinets de chair avaient disparu, si bien que chaque côte et chaque os de sa carcasse se dessinaient nettement sous sa peau plissée qui lui faisait un vêtement trop large. C'était à fendre le cœur, mais on ne pouvait fendre celui de Buck. L'homme au gilet rouge l'avait prouvé.

Il en allait pour ses camarades comme pour lui. C'étaient des squelettes ambulants – sept en tout, lui compris. Dans leur immense souffrance, ils étaient devenus insensibles à la morsure de la lanière ou à la meurtrissure du gourdin. La douleur de la correction paraissait émoussée et lointaine, comme leur semblait émoussé et lointain ce que leurs yeux voyaient et ce que leurs oreilles entendaient. Ils n'étaient pas à demi vivants, pas même au quart. Ils étaient simplement autant de sacs d'os dans lesquels palpitaient faiblement des étincelles de vie. Lorsqu'on faisait halte, ils s'effondraient dans les traits comme des chiens morts, et l'étincelle faiblissait, pâlissait et semblait s'éteindre. Mais quand le gourdin ou le fouet s'abattaient sur eux, l'étincelle reprenait une certaine vigueur, et ils se remettaient sur leurs pattes en chancelant et titubaient plus loin.

Puis vint un jour où Billie, la bonne pâte, tomba sans pouvoir se relever. Hal avait cédé son revolver lors du troc ; il saisit donc la hache et le frappa à la tête tandis qu'il gisait dans les traits ; puis il détacha la carcasse du harnais et la tira sur un côté. Buck vit tout cela, ses compagnons aussi : et ils surent que le même sort les guettait de très près. Le lendemain, ce fut au tour de Koona de s'en aller, et ils ne restèrent plus que cinq : Joe, trop mal en point pour continuer à être méchant ; Pike, perclus et boitant, juste à demi conscient et plus assez pour simuler ; Sol-leks, le borgne, encore fidèle au supplice du trait et de la piste, et triste de conserver si peu de force pour tirer ; Teek, qui n'avait pas voyagé aussi loin cet hiver et qu'on battait maintenant plus que les autres parce qu'il était plus frais ; et Buck, qui restait toujours à la tête de l'équipe, mais ne faisait plus respecter la discipline ou ne s'évertuait plus à la faire respecter ; rendu aveugle par sa faiblesse la moitié du temps, il suivait la piste uniquement par la vision indistincte qu'il en avait et la vague sensation de ses pattes.

Cela se passait par un beau temps printanier, mais ni les chiens ni les humains n'en avaient conscience. Chaque jour le soleil se levait plus tôt et se couchait plus tard. À trois heures du matin, c'était l'aube, et le crépuscule persistait jusqu'à neuf heures du soir. Toute la longue journée flamboyait de l'éclat du soleil. Le silence spectral de l'hiver avait cédé la place au grand murmure printanier de la vie qui s'éveille. Ce murmure s'élevait de toute la contrée, empli de joie de vivre. Il provenait de tout ce qui vivait et se déplaçait de nouveau, de ce qui était resté comme mort et n'avait pas bougé durant les longs mois de gel. La sève montait dans les pins. Les saules et les trembles laissaient percer leurs jeunes pousses. Arbustes et plantes grimpantes mettaient leur costume de verdure tout frais. Les grillons chantaient dans la nuit, et durant la journée toutes sortes de bestioles rampant ou marchant à quatre pattes avançaient en bruissant vers le soleil. Perdrix et piverts donnaient de la voix et du bec dans la forêt. Les écureuils jacassaient, les oiseaux chantaient, et haut dans le ciel cacardaient les oies sauvages remontant du sud, qui fendaient l'air en triangles impeccablement formés.

De la pente de chaque colline s'écoulaient le filet d'eau, la musique d'invisibles fontaines. Tout se dégelait, se courbait, se cassait. Le Yukon s'efforçait de se libérer de l'étau de glace qui l'enserrait. Il était rongé par en dessous, et au-dessus par le soleil. Des poches d'air se formaient, des fissures apparaissaient et s'élargissaient, de minces sections tombaient entières dans la rivière. Et au milieu de toute cette vie en éveil qui éclatait, fendait, palpitait, sous le soleil ardent, à travers le doux soupir des brises, comme des voyageurs promis à la mort, chancelaient les deux hommes, la femme et les huskies.

Avec les bêtes qui tombaient, Mercedes qui pleurait et se laissait traîner, Hal qui jurait en pure perte et Charles dont les yeux larmoyaient rêveusement, ils parvinrent en titubant au camp de John Thornton, au confluent de la White River. Quand ils s'arrêtèrent, les chiens s'écroulèrent comme si on les avait tous frappés à mort. Mercedes s'essuya les yeux et regarda Thornton. Charles s'assit sur un rondin pour se reposer. Il le fit très lentement et en prenant beaucoup de précautions, à cause de ses nombreuses courbatures. Hal fut le seul à parler. John Thornton achevait de tailler un manche de hache qu'il avait fabriqué à partir d'une branche de bouleau. Il écoutait tout en taillant, répondait par monosyllabes et, quand on le lui demandait, donnait des conseils laconiques[1]. Il connaissait cette race d'hommes, et il était sûr que ses conseils ne seraient pas suivis.

– Ils prétendaient en amont que le fond de la piste allait céder, et que ce que nous avions de mieux à faire, c'était de nous arrêter, déclara Hal en réponse à l'avertissement de Thornton de ne pas

1. **Laconiques** : concis, qui tiennent en peu de mots.

prendre davantage de risques sur la glace pourrie. Ils nous disaient que nous ne pourrions pas atteindre la White River, et nous y voici.

Il prononça ces dernières paroles avec un accent de triomphe méprisant.

– Et ils vous disaient la vérité, répondit John Thornton. Le fond peut céder à tout moment. Seuls des idiots, avec la chance aveugle des idiots, peuvent l'avoir fait. Je vous le dis franchement, je ne risquerais pas ma carcasse sur cette glace pour tout l'or de l'Alaska.

– C'est parce que vous n'êtes pas un idiot, je présume, dit Hal. Malgré tout, nous continuerons jusqu'à Dawson.

Il déroula son fouet.

– Debout, Buck ! Hé, debout ! Avance !

Thornton continuait à tailler. Cela ne servait à rien, il le savait, de chercher à empêcher un idiot de commettre une idiotie ; deux ou trois imbéciles de plus ou de moins ne changeraient pas l'ordre du monde.

Mais l'attelage ne se leva pas pour obéir à l'ordre. Depuis longtemps, il en était arrivé au point où il fallait des coups pour le réveiller. Le fouet lançait des éclairs, çà et là, implacablement. John Thornton serrait les lèvres. Sol-leks fut le premier à se remettre sur ses pattes. Teek le suivit, puis Joe, en jappant de douleur. Pike fit de pénibles efforts. Deux fois, alors qu'il était à moitié dressé, il retomba ; à la troisième tentative, il réussit à se lever. Buck, lui, ne fit aucun effort. Il restait tranquillement couché là où il était tombé. La lanière le cingla à maintes reprises, sans qu'il gémît ni luttât. Plusieurs fois, Thornton fut sur le point de parler, puis il changea d'avis. Ses yeux s'embuaient et, comme le fouet continuait à claquer, il se leva et marcha de long en large d'un air indécis.

C'était la première fois que Buck manquait à la tâche, raison suffisante en elle-même pour faire enrager Hal. Il abandonna le fouet pour le gourdin habituel. Mais Buck refusa de bouger sous la grêle de coups plus lourds qui s'abattait maintenant sur lui. Comme ses compagnons, il était à peine capable de se lever mais, contrairement à eux, il avait décidé de ne pas se mettre debout. Il avait le vague pressentiment d'une issue fatale imminente. Cette idée s'était renforcée tandis qu'il tirait sur la rive, et ne l'avait plus quitté. Était-ce la glace mince et pourrie qu'il avait sentie toute la journée sous ses pattes ? Il semblait deviner le désastre tout proche, là-bas, plus loin, sur la glace où son maître essayait de le mener. Il refusait de bouger. Il avait tellement souffert et il était si faible que les coups ne lui faisaient pas si mal. Et comme ils continuaient à l'accabler, l'étincelle de vie qu'il avait encore en lui vacilla et fut près de s'éteindre. C'était presque fini. Il se sentait étrangement engourdi. Il avait conscience qu'on le battait, mais comme de très loin. Les dernières sensations de douleur l'abandonnaient. Il ne sentait plus rien, tout en entendant très faiblement le choc du gourdin sur son corps. En fait ce n'était plus son corps, il semblait si lointain !

Mais alors, soudain, sans avertir, en poussant un cri inarticulé qui ressemblait davantage à un cri d'animal qu'à celui d'un homme, John Thornton bondit sur l'homme qui brandissait le gourdin. Hal se trouva projeté en arrière, comme si un arbre l'avait frappé dans sa chute. Mercedes poussa un cri. Charles, qui observait la scène d'un air rêveur, essuya ses yeux larmoyants, mais ne se leva pas à cause de ses courbatures.

John Thornton se dressait au-dessus de Buck ; il luttait pour se contrôler, trop crispé par la rage pour parler.

– Si tu frappes encore ce chien, je te tue, parvint-il enfin à dire d'une voix qui s'étranglait.

– Ce chien est à moi, répliqua Hal, qui revenait en essuyant le sang de sa bouche. Écartez-vous de mon chemin, ou je vous règle votre compte. Je vais à Dawson.

Thornton se tenait entre lui et Buck, et ne manifestait nullement l'intention de s'écarter. Hal tira son long couteau de chasse. Mercedes criait, pleurait, éclatait de rire, et se laissait manifestement aller à une crise d'hystérie. Thornton frappa les phalanges de Hal avec le manche de sa hache, et projeta le couteau à terre. Il lui frappa de nouveau les phalanges pendant qu'il essayait de le ramasser. Puis il se baissa, le ramassa lui-même, et en deux coups cisailla les traits de Buck.

Hal avait perdu toute sa combativité. En outre, sa sœur encombrait ses mains, ou plutôt ses bras ; et puis Buck était trop moribond pour servir encore à tirer le traîneau. Quelques minutes plus tard, ils quittèrent la rive et descendirent la rivière. Buck les entendit partir et leva la tête pour regarder. Pike était en tête, Sol-leks à l'arrière, et entre eux il y avait Joe et Teek. Ils boitaient et titubaient. Mercedes était montée sur le traîneau chargé. Hal guidait à la barre de direction, et Charles trébuchait à l'arrière.

Tandis que Buck les observait, Thornton s'agenouilla à côté de lui et, de ses mains rudes mais affectueuses, chercha les os cassés. Son examen ne révéla que de nombreuses contusions et un état de sous-alimentation terrifiant ; pendant ce temps, le chariot s'était éloigné d'un quart de mille. Le chien et l'homme le regardaient se traîner sur la glace. Soudain, ils virent son extrémité arrière plonger comme dans une ornière : la barre de direction, avec Hal qui s'y cramponnait, fut projetée brusquement dans les airs. Le cri de Mercedes parvint à leurs oreilles. Ils virent Charles faire un pas en arrière pour s'enfuir ; alors, tout un pan de glace s'effondra, et bêtes et hommes disparurent. Un trou béant, voilà tout ce qui demeurait visible. Le fond de la piste avait cédé.

John Thornton et Buck se regardèrent.

– Pauvre diable, fit Thornton, et Buck lui lécha la main.

VI

Pour l'amour d'un homme

Quand John Thornton avait eu les pieds gelés au mois de décembre précédent, ses associés l'avaient installé confortablement et laissé se rétablir ; eux-mêmes avaient remonté la rivière pour ramener un train de rondins[1] flottants à Dawson. Il boitait encore un peu à l'époque où il sauva Buck mais, avec la chaleur persistante, même ce léger boitement disparut. Et là, étendu sur la rive pendant les longues journées de printemps, à regarder l'eau qui courait, à écouter paresseusement les chants d'oiseaux et les murmures de la nature, Buck retrouvait lentement sa force.

Un repos fait beaucoup de bien après un trajet de trois mille milles, et il faut avouer que Buck devenait paresseux tandis que ses blessures guérissaient, que ses muscles gonflaient et que ses os se recouvraient de chair. D'ailleurs, ils jouaient tous les fainéants – Buck, John Thornton, Skeet et Nig – en attendant l'arrivée du train de bois qui les redescendrait à Dawson. Skeet était une petite chienne setter[2] irlandaise qui se lia très tôt d'amitié avec Buck – lequel, mourant, fut incapable de répondre à ses premières avances. Elle avait les qualités de guérisseur que possèdent certains chiens ; et comme une mère chatte lave ses chatons, elle lavait et nettoyait les blessures de Buck. Chaque matin, régulièrement, quand il avait terminé son petit-déjeuner, elle accomplissait la

1. **Rondins** : troncs d'arbre découpés en morceaux laissés ronds.
2. **Setter** : chien d'arrêt à poils longs et ondulés.

tâche qu'elle s'était elle-même fixée, jusqu'à ce qu'il en vînt à rechercher ses soins autant que ceux de Thornton. Nig, également amical mais moins démonstratif, était un énorme chien noir, moitié limier[1] moitié lévrier, avec des yeux rieurs, toujours de bonne humeur.

À la surprise de Buck, ces chiens ne lui manifestaient aucune jalousie. Ils semblaient partager la gentillesse et la générosité de John Thornton. À mesure que Buck reprenait des forces, ils l'attiraient dans toutes sortes de jeux ridicules, auxquels Thornton lui-même ne pouvait s'empêcher de se joindre ; de cette manière, Buck vécut une convalescence heureuse et entra dans une existence nouvelle. Pour la première fois, il connaissait l'amour, l'amour authentique et passionné. Il ne l'avait jamais ressenti sur la colline du juge Miller, dans la vallée ensoleillée de Santa Clara. Avec les fils du juge, il avait connu une association fondée sur le labeur – chasse et randonnée ; avec ses petits-fils, une espèce de gardiennage solennel ; et avec le juge lui-même, une amitié pleine de noblesse et de dignité. Mais l'amour fiévreux et brûlant, l'amour qui est adoration et folie, il avait fallu John Thornton pour l'éveiller en lui.

Cet homme lui avait sauvé la vie, ce qui était beaucoup ; mais en outre, il était le maître idéal. D'autres veillaient au bien-être de leurs chiens par sens du devoir et par intérêt pratique ; lui veillait au bien-être des siens comme s'ils avaient été ses propres enfants, parce qu'il ne pouvait s'en empêcher. Et il allait plus loin. Il n'oubliait jamais de les saluer gentiment, de leur dire un mot d'encouragement ; et s'asseoir pour bavarder longuement avec

1. **Limier** : chien de chasse.

eux – ce qu'il nommait « rigolade » – faisait son bonheur autant que le leur. Il avait une manière bien à lui de saisir brutalement la tête de Buck entre ses mains, de reposer sa propre tête sur celle de Buck, de le secouer dans tous les sens, en l'appelant de vilains noms qui étaient pour Buck des mots d'amour. Buck ne connaissait pas de plus grande joie que cette rude étreinte et ce bruit des injures murmurées, et à chaque secousse, il avait l'impression, si grande était son extase, que son cœur allait bondir hors de sa poitrine. Et quand, libéré, il s'élançait sur ses pattes, sa gueule riait, ses yeux parlaient, sa gorge vibrait d'un son qui ne pouvait s'exprimer, et il demeurait ainsi sans bouger ; alors John Thornton s'écriait avec respect :

– Bon Dieu, il te manque que la parole !

Buck avait une manière de manifester son amour qui ressemblait à de la violence. Souvent, il saisissait la main de Thornton dans sa gueule, et la refermait si férocement que la peau conservait pendant quelque temps la marque de ses dents. Mais, de même que Buck comprenait que les injures étaient des mots d'amour, l'homme comprenait que cette feinte morsure était une caresse.

Cependant, la plupart du temps, l'amour de Buck prenait la forme de l'adoration. Bien qu'il devînt fou de joie quand Thornton le touchait ou lui parlait, il ne recherchait pas ces témoignages d'affection. Contrairement à Skeet, qui avait l'habitude d'enfoncer son museau sous la main de Thornton et qui poussait, poussait jusqu'au moment où il la caressait, ou à Nig, qui s'approchait doucement et laissait reposer sa grande tête sur les genoux de l'homme, Buck se contentait d'adorer à distance. Il pouvait rester étendu des heures, plein d'un enthousiasme vigilant, aux pieds de

Thornton, à regarder son visage, à y penser sans cesse, à l'étudier, à suivre avec l'intérêt le plus passionné chacune de ses expressions fugaces[1], chacun de ses mouvements, de ses changements de physionomie. Ou bien il lui arrivait de demeurer couché un peu plus loin, à ses côtés ou derrière lui, et d'observer les traits de l'homme et les mouvements qu'il faisait de temps à autre. Souvent, si intense était la communion dans laquelle ils vivaient, que la force du regard de Buck fixé sur lui obligeait John Thornton à tourner la tête – alors l'homme lui rendait son long regard, sans parler, et l'amour qu'il nourrissait dans son cœur rayonnait dans ses yeux, comme c'était aussi le cas pour Buck.

Longtemps après qu'il l'eut sauvé, Buck n'apprécia pas de voir Thornton s'éloigner. Depuis le moment où il quittait la tente jusqu'à celui où il y rentrait, Buck suivait sur ses talons. Ses maîtres éphémères[2], depuis qu'il était venu dans les terres du Nord, avaient nourri en lui la crainte qu'aucun d'eux ne pût durer longtemps. Il avait peur que Thornton ne disparût de sa vie comme Perrault, François et le métis écossais. Même la nuit, dans ses rêves, il était hanté par cette crainte. Dans ces moments-là, il s'arrachait au sommeil et se glissait dans le froid jusqu'au rabat de la tente, où il se tenait pour écouter le bruit de la respiration de son maître.

Mais malgré cet immense amour qu'il portait à John Thornton, et qui semblait démontrer l'influence des douceurs de la civilisation, l'impact de la race originelle, réveillée en lui par le pays du Nord, demeurait vivant et actif. Il manifestait la fidélité et le dévouement qui naissent du feu et du toit ; cependant, il conservait

1. **Fugaces** : fugitives, passagères.
2. **Éphémères** : qui ne l'ont pas été longtemps.

sa sauvagerie et sa ruse. Il était une créature du monde sauvage, venue du monde sauvage pour s'asseoir près du feu de Thornton, plutôt qu'un chien des douces terres du Sud marqué par des générations de civilisation. À cause de son immense amour, il ne pouvait voler cet homme ; mais avec tout autre individu, dans n'importe quel autre camp, il n'aurait pas hésité un instant – et la ruse avec laquelle il volait lui aurait permis d'échapper aux soupçons.

Son visage et son corps portaient les marques des dents de nombreux chiens, et il se battait toujours avec autant de férocité, mais aussi avec plus d'astuce. Skeet et Nig avaient un trop bon naturel pour chercher querelle – en outre, ils appartenaient à John Thornton ; mais le chien inconnu, peu importait sa race ou sa vaillance, reconnaissait rapidement la suprématie de Buck ou devait lutter pour sa vie avec un terrible adversaire. Car Buck était sans pitié. Il avait bien appris la loi du gourdin et des crocs, ne renonçait jamais à un avantage, et ne s'éloignait jamais d'un ennemi qu'il avait conduit sur le chemin de la mort. Il avait retenu les leçons de Spitz, et celles des chiens les plus combatifs de la police et du service postal, et il savait qu'il n'y avait pas de moyen terme. Il devait dominer ou être dominé ; toute manifestation de pitié était signe de faiblesse. Dans la vie des origines, la pitié n'existait pas. On la prenait par erreur pour de la crainte, et de tels malentendus menaient à la mort. Tuer ou se faire tuer, manger ou se faire manger : telle était la loi ; et il obéissait à ce commandement issu des profondeurs du Temps.

Il était plus âgé que les jours qu'il avait vécus, plus vieux que les années pendant lesquelles il avait respiré. Il liait le passé au présent, et l'éternité, derrière lui, palpitait en un rythme puissant auquel il se pliait comme s'y plient les marées et les saisons. Il était assis près du feu de John Thornton, chien à large poitrine, à crocs blancs et à longue fourrure ; mais en arrière de lui se trouvaient les ombres de toutes sortes de chiens, demi-loups et loups véritables, pressants et insistants, qui goûtaient la saveur de la viande qu'il mangeait, avaient soif de l'eau qu'il buvait, flairaient le vent avec lui, écoutaient avec lui et lui racontaient les bruits de la vie sauvage dans la forêt ; qui lui dictaient ses humeurs, dirigeaient ses actions, se couchaient pour dormir avec lui quand il se couchait, rêvaient avec lui et au-delà de lui, et devenaient eux-mêmes la substance de ses rêves.

Ces ombres lui faisaient signe de manière si impérieuse que chaque jour l'humanité et ses prétentions s'éloignaient un peu plus de lui. Dans la profondeur de la forêt résonnait un appel, et chaque fois qu'il l'entendait, mystérieusement excitant et attirant, il se sentait forcé de tourner le dos au feu et à la terre battue qui l'entourait, et de plonger au cœur de cette forêt, toujours plus avant, il ne savait où ni pourquoi ; il ne se posait pas la question, mais l'appel résonnait impérieusement, dans la profondeur des bois. Cependant, chaque fois qu'il rejoignait la douceur d'une terre vierge et l'ombre verte, l'amour qu'il éprouvait pour John Thornton le ramenait vers le feu.

Seul Thornton le retenait. Le reste de l'humanité comptait pour rien. Des voyageurs de hasard pouvaient bien faire son éloge ou le caresser ; il accueillait tout cela froidement, et si on se montrait trop démonstratif, il se levait et s'éloignait. Quand les associés de Thornton, Hans et Pete, arrivèrent sur le train de bois qui s'était fait longtemps désirer, Buck refusa de leur prêter attention, jusqu'au moment où il comprit qu'ils étaient proches de son maître ; alors il toléra leur présence, mais de manière pour ainsi dire passive, et accepta leurs faveurs comme si c'était lui qui les comblait en les acceptant. C'étaient des hommes du même gabarit[1] que Thornton : ils vivaient près de la terre, pensaient simple et voyaient clair ; et avant de balancer le train de bois dans le grand tourbillon, près de la scierie de Dawson, ils avaient compris Buck et ses façons, et n'insistaient pas pour obtenir de lui une intimité comme celle qui les liait à Skeet et à Nig.

Cependant, son amour pour Thornton semblait croître de jour en jour. Seul parmi tous les hommes, il pouvait mettre un paquet sur le dos de Buck pendant le trajet estival. Rien n'était assez difficile à réaliser pour lui quand Thornton l'ordonnait. Un jour (ils avaient perçu les avances de la recette du train de bois et quitté Dawson pour les sources de la Tanana), les hommes et les chiens étaient assis sur la crête d'une falaise qui tombait droit sur un à-pic de rochers, trois cents pieds plus bas. John Thornton se tenait près du bord, avec Buck près de son épaule. Une lubie[2] s'empara de lui, et il attira l'attention de Hans et de Pete sur l'expérience qu'il avait à l'esprit.

– Saute, Buck ! ordonna-t-il, en étendant le bras au-dessus de l'abîme.

L'instant d'après, il tentait d'agripper Buck à l'extrême bord du gouffre, tandis que Hans et Pete les hissaient en arrière pour les ramener sains et saufs.

1. **Du même gabarit** : de la même taille.
2. **Lubie** : idée fantaisiste.

– C'est ahurissant, dit Pete, quand ce fut terminé et qu'ils eurent retrouvé l'usage de la parole.

Thornton fit non d'un signe de tête.

– C'est splendide plutôt, et terrible aussi. Tu sais, parfois ça me fait peur.

– J'ai pas envie d'être l'homme qui t'attaquerait pendant qu'il serait dans le coin, annonça Pete pour conclure, hochant la tête en direction de Buck.

– Crénom ! confirma Hans. Ni moi non plus !

C'est à Circle City, avant la fin de l'année, que les appréhensions[1] de Pete se confirmèrent. Un individu méchant et de mauvais caractère, Burton, surnommé Black, cherchait querelle au bar à un nouveau venu ; Thornton, poussé par son bon naturel, s'interposa. Buck, comme à son habitude, était étendu dans un coin, la tête sur les pattes, à observer chaque mouvement de son maître. Burton frappa sans avertir, d'un direct de l'épaule. Thornton faillit rouler à terre, et n'évita la chute qu'en agrippant la barre du comptoir.

Ceux qui regardaient la scène entendirent ce qui n'était ni un aboiement ni un jappement, mais quelque chose qu'il vaudrait mieux décrire comme un rugissement, et ils virent le corps de Buck s'élever en l'air comme s'il quittait le plancher pour atteindre la gorge de Burton. L'homme eut la vie sauve en étendant le bras d'un geste instinctif, mais il fut précipité à terre avec Buck au-dessus de lui. Le chien relâcha l'étreinte de ses dents sur la peau du bras et chercha de nouveau la gorge. Cette fois l'homme ne réussit à se protéger qu'en partie, et il eut la gorge déchirée et ouverte. Alors la

1. **Appréhensions** : craintes.

foule se retourna contre Buck et le chassa ; pendant qu'un médecin enrayait l'hémorragie, il rôdait tout autour, avec des grognements furieux, comme pour tenter un nouvel assaut, mais une haie impressionnante de gourdins hostiles le contraignit à reculer. Une espèce de tribunal de mineurs, convoqué sur place, décida que le chien avait bel et bien été provoqué, et disculpa Buck. Mais sa réputation fut établie, et à dater de ce jour son nom se répandit dans tous les camps de l'Alaska.

Plus tard, à l'automne de la même année, il sauva la vie de John Thornton d'une tout autre manière. Les trois associés guidaient un bateau long et étroit dans une mauvaise zone de rapides de la rivière Forty Mile. Hans et Pete se déplaçaient le long de la rive, et le freinaient d'arbre en arbre avec une fine corde d'abaca[1] ; pendant ce temps, Thornton restait sur l'embarcation, qu'il aidait à descendre au moyen d'une perche, tout en criant ses instructions à ses camarades restés sur la rive. Buck, inquiet et plein d'angoisse, demeurait à hauteur du bateau, et ne quittait jamais son maître des yeux.

À un endroit particulièrement difficile, où des rochers à peine émergés faisaient saillie dans la rivière, Hans lâcha la corde et, pendant que Thornton, avec la perche, lançait le bateau dans le courant, il descendit le long de la rive avec l'extrémité à la main, pour le freiner quand il aurait franchi ces rocs saillants. L'embarcation passa l'obstacle, et elle était emportée dans un courant aussi rapide que celui d'un moulin lorsque Hans l'arrêta avec la corde, mais de façon trop brusque. Elle se retourna et vint

1. **Abaca** : espèce de bananier dont la fibre sert à faire des cordes.

s'échouer près de la rive, quille[1] en l'air, tandis que Thornton, brutalement éjecté, était emporté en aval vers le plus mauvais secteur des rapides, une partie sauvage du cours d'eau d'où aucun nageur ne pouvait sortir vivant.

À l'instant, Buck s'était jeté à l'eau ; et au bout de trois cents yards, au milieu d'un tourbillon furieux, il rattrapa Thornton. Quand le chien sentit qu'il lui saisissait la queue, il se dirigea vers la rive, en déployant pour nager toute sa splendide puissance. Mais la progression vers le rivage était lente, et le courant vers l'aval incroyablement rapide. De plus bas parvenait le mugissement fatal, là où le torrent sauvage le devenait encore plus, et se déchirait en lambeaux d'écume à cause des rochers qui barraient le passage comme les dents d'un énorme peigne. La force d'aspiration de l'eau, au début de la dernière chute, était effroyable, et Thornton savait qu'ils n'arriveraient pas à rejoindre le rivage. Il s'agrippa comme un fou à un rocher, se meurtrit contre un deuxième, et vint s'écraser contre un troisième avec violence. Il en étreignit le sommet glissant avec les deux mains, libéra Buck, et cria plus fort que le rugissement de l'eau bouillonnante :

– Va-t'en, Buck, va !

Buck ne put tenir bon, et fut entraîné vers l'aval. Il luttait désespérément, impuissant à remonter le courant. Quand il entendit l'ordre répété de Thornton, il se dressa un peu hors de l'eau, lança sa tête en l'air comme pour le regarder une dernière fois, puis obéit et se tourna vers la rive. Il nageait puissamment et fut tiré sur le bord par Pete et Hans à l'endroit même où il devenait impossible de nager et où l'attendait une mort certaine.

1. **Quille** : élément axial de la partie inférieure d'un bateau, sur lequel repose l'ensemble de la charpente.

Ils savaient que le temps pendant lequel un homme pouvait se cramponner à un rocher glissant contre un courant aussi fort se comptait en minutes, et ils remontèrent la rive à toutes jambes, aussi vite qu'ils purent, jusqu'à un point situé très en amont de celui où Thornton restait accroché. Ils attachèrent la corde qui leur avait servi à freiner le bateau au cou et aux épaules de Buck, en prenant bien soin qu'elle ne l'étranglât pas et ne l'empêchât pas de nager, et ils le lancèrent dans l'eau. Il se mit à nager avec intrépidité dans le courant, mais pas suffisamment droit. Il découvrit trop tard son erreur, quand Thornton se trouva sur la même ligne, mais juste à une demi-douzaine de brasses plus haut, et il fut emporté plus loin sans pouvoir rien faire.

Hans hala rapidement Buck avec la corde, comme s'il avait été un bateau. Elle se resserra ainsi sur lui dans une courbe de la rivière, et il fut tiré brusquement au-dessous du niveau de l'eau ; il y resta jusqu'à ce que son corps vînt frapper la rive et qu'on le hissât. Il était à moitié noyé, et Hans et Pete se précipitèrent pour expulser l'eau de ses poumons et leur redonner du souffle. Il tituba sur ses pattes et tomba. Alors, le son affaibli de la voix de Thornton parvint jusqu'à eux ; ils ne pouvaient en distinguer les mots, mais ils savaient qu'il était à la dernière extrémité. La voix de son maître agit sur Buck tel un choc électrique. Il bondit sur ses pattes et remonta devant les hommes le long de la rive, jusqu'à son précédent point de départ.

On attacha de nouveau la corde et on le relança ; de nouveau il se jeta à l'eau, mais cette fois bien droit dans le courant. Il avait mal calculé le premier coup, mais il ne se rendrait pas coupable une seconde fois de la même erreur. Hans laissa filer la corde, n'autorisant aucun mou, pendant que Pete empêchait les nœuds. Buck maintint le cap jusqu'au moment où il se trouva juste en amont de son maître ; puis il tourna et se dirigea droit sur lui à la vitesse d'un train express. Thornton le vit arriver et, comme Buck le percutait tel un bélier qui charge, avec toute la force du courant derrière lui, il leva les bras et les referma tous deux autour du cou à longs poils. Hans fixa la corde autour de l'arbre, et Buck et Thornton furent brusquement tirés sous l'eau. Ils étouffaient, suffoquaient, tournaient l'un sur l'autre, heurtaient le fond rugueux, butaient contre les rochers et leurs aspérités, mais ils filèrent jusqu'à la rive.

Quand Thornton reprit connaissance, il était sur le ventre ; Hans et Pete le roulaient vigoureusement sur un rondin avec un mouvement de va-et-vient. Son premier regard fut pour Buck ; sur son corps mou et apparemment sans vie, Nig s'était mis à hurler, tandis que Skeet léchait son visage humide et ses yeux fermés. Thornton lui-même était plein de bleus et de coups, et, une fois ranimé, il se pencha prudemment sur le corps de Buck ; il lui trouva trois côtes cassées.

– Ça règle la question, annonça-t-il. Nous campons juste ici.

Et ils établirent un camp, le temps pour Buck de ressouder ses côtes et d'être de nouveau capable de se déplacer.

Cet hiver-là, à Dawson, Buck accomplit un autre exploit, peut-être pas aussi héroïque, mais qui, en Alaska, fit grimper son nom de plusieurs crans sur le mât du totem[1] de la célébrité. Cet exploit fut particulièrement gratifiant pour les trois hommes ; car il leur

1. **Totem** : sculpure indienne faite sur un tronc d'arbre planté dans le sol ; ici, l'expression est imagée.

fournit l'équipement dont ils avaient besoin et il leur permit d'entreprendre un voyage qu'ils souhaitaient faire depuis longtemps dans les terres vierges de l'Est, où aucun mineur n'était encore apparu. Ce qui le provoqua, ce fut une conversation dans le saloon Eldorado, où les hommes rivalisaient de fanfaronnades à propos de leurs chiens favoris. Buck, à cause de son record, était la cible de ces hommes, et Thornton était amené à le défendre avec acharnement. Au bout d'une demi-heure, l'un d'eux déclara que son chien pourrait faire démarrer un traîneau chargé de cinq cents livres, et le tirer facilement ; un deuxième assura pour se vanter que le sien pouvait le faire avec six cents ; un troisième, avec sept cents.

– Peuh, fit John Thornton. Buck peut faire démarrer mille livres.

– Et les décoller, et les tirer sur cent yards ? demanda Matthewson, un roi des filons du Bonanza, l'homme qui s'était vanté pour sept cents.

– Et les décoller, et les tirer sur cent yards, fit calmement Thornton.

– Bon, déclara Matthewson d'un ton lent et décidé, si bien que tout le monde put entendre. Je parie mille dollars qu'il en est pas capable. Et les voici !

Alors il déposa bruyamment sur le comptoir un sac de poudre d'or qui faisait comme une saucisse.

Personne ne parlait. Le bluff de Thornton, si bluff il y avait, avait été pris au mot. Il sentit une bouffée de sang chaud lui monter au visage. Sa langue l'avait trahi. Il ne savait pas si Buck pourrait faire démarrer mille livres. Une demi-tonne ! L'énormité du poids l'épouvantait. Il avait une grande confiance dans la force de Buck et l'avait souvent cru capable de tirer un tel poids ; mais jamais, comme à présent, il n'avait été confronté à cette possibilité, avec les yeux d'une douzaine d'hommes fixés sur lui, dans une attente silencieuse. En outre, il ne disposait pas de mille dollars ; Hans et Pete non plus.

– J'ai un traîneau là dehors, avec vingt sacs de farine de cinquante livres, poursuivit Matthewson sur un ton direct et brutal ; alors faut surtout pas te gêner.

Thornton ne répondit pas. Il ne savait quoi dire. Il parcourut les visages d'un coup d'œil, avec l'air absent d'un homme qui a perdu le pouvoir de penser, et qui cherche à remettre son cerveau en marche. Le visage de Jim O'Brien, un roi des mines du Mastodon, qui était aussi un vieux camarade, rencontra son regard. Ce fut pour lui un signal, qui semblait l'inciter à faire ce dont il n'aurait jamais rêvé.

– Peux-tu me prêter mille ? demanda-t-il, presque dans un murmure.

– Sûr, répondit O'Brien, et il jeta brutalement un sac bien plein à côté de celui de Matthewson. Et pourtant, John, je crois pas vraiment que la bête puisse réussir.

L'Eldorado se vida de ses occupants qui voulaient assister à l'épreuve dans la rue. On abandonna les tables ; les marchands et les gardes-chasse s'avancèrent pour voir le résultat du pari et établir la cote. Plusieurs centaines d'hommes, portant fourrures et mitaines[1], misèrent tout près du traîneau. Ce traîneau de Matthewson, chargé de mille livres de farine, était resté là deux heures, et par ce froid intense – soixante au-dessous de zéro – les

1. **Mitaines** : gants qui ne couvrent que les premières phalanges.

patins avaient rapidement gelé sur la neige durcie et tassée. Les hommes parièrent à deux contre un que Buck ne pourrait le faire bouger. Une chicane[1] s'éleva à propos de l'expression « décoller ». O'Brien soutenait que Thornton avait le droit de donner des coups aux patins pour les dégager, en laissant Buck « décoller » le traîneau à l'arrêt. Mais Matthewson insistait : l'expression incluait le dégagement des patins de leur étau de neige glacée. Une majorité des hommes qui avaient été témoins du pari décidèrent en sa faveur, sur quoi la cote grimpa à trois contre un contre Buck.

On ne trouvait pas preneur. Personne ne le croyait capable de cette prouesse. Thornton avait été poussé au pari à la hâte, l'esprit plein de doute ; maintenant qu'il voyait le traîneau lui-même, dans sa réalité concrète, avec par-devant l'attelage régulier de dix chiens pelotonnés dans la neige, la tâche lui apparaissait d'autant plus impossible. Matthewson, lui, était de plus en plus radieux.

– Trois contre un ! proclama-t-il. Je vais t'en parier six cents de plus ; qu'en dis-tu, Thornton ?

Le doute de Thornton se lisait clairement sur son visage, mais on avait provoqué sa combativité – cet esprit combatif qui s'élève au-dessus des cotes, refuse de reconnaître l'impossible et se montre sourd à tout, sauf aux clameurs du combat. Il appela Hans et Pete auprès de lui. Leurs bourses étaient minces, et avec la sienne les trois partenaires purent seulement racler deux cents dollars. Étant donné que leur fortune était au plus bas, cette somme constituait la totalité de leur capital ; pourtant ils la parièrent sans hésiter contre les six cents de Matthewson.

1. **Chicane** : querelle sur des détails.

On détacha l'équipe des dix chiens, et Buck, avec son propre harnais, fut attelé au traîneau. L'excitation contagieuse l'avait gagné, et il sentait qu'il devait, d'une certaine manière, accomplir un grand exploit pour John Thornton. Sa superbe allure suscita des murmures d'admiration. Il était en parfaite forme, sans une once[1] de chair superflue, et les cent cinquante livres de son poids étaient autant de livres de courage et de virilité. Sa fourrure brillait du reflet lustré de la soie. Au bas de l'encolure et en travers des épaules, sa crinière au repos se hérissait à demi et paraissait s'élever à chaque mouvement, comme si l'excès de sa vigueur rendait chacun de ses poils vivant et actif. La vaste poitrine, les puissantes pattes avant étaient parfaitement proportionnées au reste du corps ; la fermeté des muscles bombés apparaissait sous la peau. Les hommes tâtèrent ces muscles, déclarèrent qu'ils étaient durs comme fer, et la cote redescendit à deux contre un.

– Bô Dieu, monsieur, bô Dieu, bredouilla un membre de la dernière dynastie, un roi des Skookum Benches. J'offre huit cents pour lui, monsieur, avant l'épreuve ; huit cents, comme il est maintenant.

Thornton refusa d'un signe de tête et fit un pas pour se placer à côté de Buck.

– Tu dois t'écarter de lui, protesta Matthewson. Libre jeu et beaucoup d'espace !

La foule fit silence ; on entendait seulement les voix des parieurs qui offraient vainement du deux contre un. Tous les hommes reconnaissaient que Buck était un animal magnifique, mais vingt

1. **Once** : mesure de poids anglo-saxonne équivalant à 28,349 g ; **sans une once** : sans un gramme.

sacs de farine de cinquante livres représentaient à leurs yeux une masse trop importante pour les engager à desserrer les cordons de leur bourse.

Thornton s'agenouilla à côté de Buck. Il saisit sa tête dans ses mains et appuya sa joue contre la sienne. Il ne le secoua pas avec espièglerie, comme à son habitude, ou ne murmura pas de douces injures d'amour ; mais il chuchota à son oreille.

– Fais-le parce que tu m'aimes, Buck. Par amour pour moi, voilà ce qu'il lui murmura.

Buck gémit d'excitation contenue. La foule observait avec curiosité. Le mystère de l'affaire grandissait. Cela ressemblait à de la sorcellerie. Quand Thornton se remit debout, Buck saisit sa main gantée d'une mitaine entre ses mâchoires, avec une pression des dents qu'il relâcha lentement, comme à contrecœur. C'était sa manière de répondre, non pas avec des mots, mais dans le langage de l'amour. Thornton prit un certain recul.

– Maintenant, Buck ! dit-il.

Buck tira sur les traits, puis les relâcha de quelques pouces. C'était la manière qu'il avait apprise.

– Droite ! La voix de Thornton retentit vivement dans le silence tendu.

Buck se balança à droite, terminant le mouvement dans un bond qui raidit la corde et, d'une secousse soudaine, arrêta ses cent cinquante livres. Le chargement frémit, et de dessous les patins s'éleva un brusque craquement.

– Gauche ! ordonna Thornton.

Buck renouvela la manœuvre, cette fois sur la gauche. Le craquement se mua en bruit sec, le traîneau pivota et les patins, avec un grincement, glissèrent de plusieurs pouces sur le côté. Le traîneau était décollé. Les hommes retenaient leur souffle, sans se rendre encore vraiment compte de l'événement.

– Maintenant, en avant !

L'ordre de Thornton éclata comme un coup de pistolet. Buck se lança en avant, tirant sur les traits d'un mouvement brusque. Tout son corps se ramassait sur lui-même dans le formidable effort ; ses muscles se tordaient et se nouaient comme des créatures vivantes sous sa fourrure soyeuse. Sa vaste poitrine rasait le sol, sa tête s'avançait baissée, tandis que ses pattes piétinaient follement, et que ses griffes marquaient la neige durcie et tassée de sillons parallèles. Le traîneau oscillait et tremblait, à demi démarré. Une des pattes glissa, et un homme grogna tout haut. Puis le traîneau avança par à-coups dans ce qui apparaissait comme une succession rapide de secousses, mais il ne s'arrêta plus jamais complètement – un demi-pouce[1] – un pouce – deux pouces... Les saccades diminuaient sensiblement ; alors que le traîneau gagnait de la vitesse, Buck les maîtrisa, jusqu'au moment où il se déplaça de manière régulière.

Les hommes en eurent le souffle coupé, puis ils recommencèrent à respirer, sans avoir conscience qu'ils avaient cessé de le faire pendant un court instant. Thornton courait derrière, encourageant Buck avec des mots brefs et joyeux. On avait mesuré la distance, et quand il approcha de la pile de bois de chauffage qui marquait la fin des cent yards, un hourra commença à s'enfler, qui se transforma en hurlement quand il dépassa le bois et s'arrêta sur l'ordre de son maître. Tous les hommes se laissaient aller,

1. **Pouce** : au Canada, mesure de longueur équivalant à 2,54 cm.

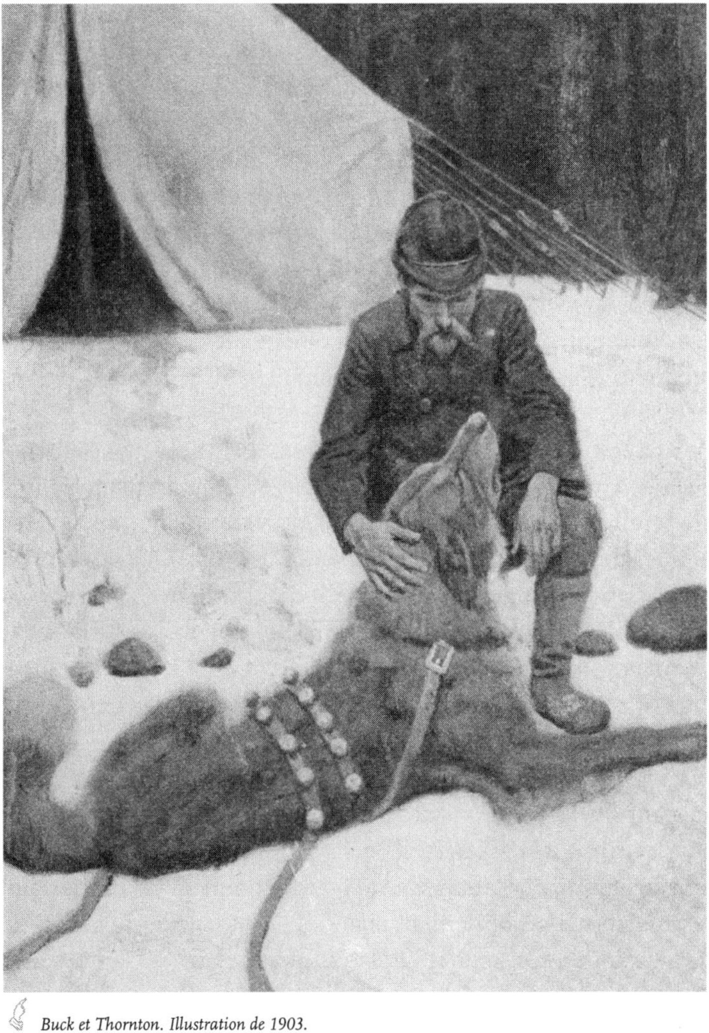

Buck et Thornton. Illustration de 1903.

même Matthewson. Les chapeaux et les mitaines volaient dans les airs. On serrait la main à des gens qu'on ne connaissait pas ; c'était une surexcitation générale, un brouhaha[1] incohérent dans toutes les langues.

Mais Thornton s'agenouilla à côté de Buck. Sa tête contre la sienne, il le secouait dans un mouvement de va-et-vient. Ceux qui s'étaient hâtés d'approcher l'entendirent injurier Buck, et il lui lançait longuement des injures ferventes, mais aussi pleines de douceur et d'affection.

– Bô Dieu, monsieur, bô Dieu ! bredouillait le roi des Skookum Benches. Je vous donnerai mille pour lui, monsieur, mille – douze cents !

Thornton se releva. Il avait les yeux humides. Les larmes coulaient le long de ses joues : il ne cherchait pas à les dissimuler.

– Non, monsieur, dit-il, non. Vous pouvez aller au diable, monsieur. C'est le mieux que je puisse vous dire.

Buck saisit la main de Thornton entre ses dents. Thornton le secoua d'avant en arrière. Comme s'ils avaient obéi à une inspiration commune, les spectateurs se retirèrent à une distance respectueuse ; et cette fois ils eurent la discrétion de ne pas interrompre leurs effusions[2].

1. **Brouhaha** : bruit de voix confus émanant d'une foule.
2. **Effusions** : manifestations sincères d'affection, de tendresse.

VII

L'appel retentit

Quand Buck eut gagné mille six cents dollars en cinq minutes pour John Thornton, il permit à son maître de régler certaines dettes et de voyager avec ses associés dans l'Est, à la recherche d'une mine perdue légendaire, dont l'histoire était aussi ancienne que l'histoire du pays. Beaucoup de gens l'avaient cherchée ; bien peu l'avaient trouvée ; mais plus d'un n'en était jamais revenu. Cette mine perdue était imprégnée d'une aura[1] tragique et enveloppée de mystère. Personne n'en connaissait le premier découvreur. La tradition la plus ancienne s'arrêtait avant de remonter jusqu'à lui. Depuis le début, il y avait eu une cabane antique et délabrée. Des hommes agonisants avaient juré qu'elle existait, et aussi la mine dont elle marquait l'emplacement ; et leur témoignage s'appuyait sur des pépites d'une grosseur inconnue dans les terres du Nord.

Mais aucun homme vivant n'avait pillé ce trésor, et les morts étaient bien morts ; c'est pourquoi John Thornton, Pete et Hans, avec Buck et une demi-douzaine d'autres chiens, prirent la direction de l'Est sur une piste inexplorée pour tenter de réussir là où des hommes et des chiens pourtant aussi doués qu'eux avaient échoué. Ils remontèrent le Yukon en traîneau sur soixante-dix milles, virèrent à gauche par la rivière Stewart, dépassèrent la

1. **Aura** : atmosphère.

Mayo et la McQuestion, et maintinrent le cap jusqu'à l'endroit où la Stewart elle-même devient un tout petit ruisseau qui se faufile parmi les pics imposants marquant l'épine dorsale du continent.

John Thornton demandait peu de chose à l'homme ou à la nature. Il n'avait pas peur du monde sauvage. Avec une poignée de sel et un fusil, il pouvait se lancer dans un pays désert et y circuler partout où cela lui plaisait et aussi longtemps qu'il en avait envie. Sans jamais se hâter, à la manière indienne, il se procurait son dîner en chassant pendant sa journée de voyage ; et s'il ne réussissait pas à le trouver, comme les Indiens il poursuivait son chemin, sachant de façon certaine que tôt ou tard il l'obtiendrait. Ainsi, dans cette grande expédition vers l'Est, la viande fraîche constituait le plat du jour, le chargement du traîneau consistait surtout en munitions et en outils, et l'emploi du temps misait sur un avenir inépuisable.

Pour Buck tout était un plaisir infini : cette chasse, cette pêche, l'errance illimitée dans des endroits inconnus. Pendant des semaines entières, ils progressaient régulièrement, jour après jour ; et pendant d'autres semaines ils campaient çà et là ; les chiens paressaient, les hommes creusaient des trous en faisant fondre la boue et le gravier glacés et lavaient d'innombrables batées[1] à la chaleur du feu. Tantôt ils avaient faim, tantôt ils faisaient bruyamment la fête, selon l'abondance du gibier et leur chance à la chasse. L'été arriva ; les chiens et les hommes, avec leurs paquets sur le dos, traversèrent en radeau des lacs de montagne bleus, et

1. **Batées** : cuvettes dans lesquelles les chercheurs d'or filtrent l'eau et le sable pour en extraire les pépites d'or.

descendirent ou remontèrent le cours de rivières inconnues sur des bateaux étroits taillés dans la forêt environnante.

Les mois s'écoulaient, et ils erraient et multipliaient les allées et venues à travers l'immensité inconnue des cartes, où ne vivait aucun homme et où pourtant des hommes avaient vécu, si l'histoire de la hutte perdue était vraie. Ils traversèrent des lignes de partage des eaux dans des blizzards[1] d'été ; ils frissonnèrent sous le soleil de minuit, sur des monts dénudés, entre la ligne des arbres et les neiges éternelles ; ils plongèrent dans des vallées estivales, parmi des nuées de mouches et de moustiques ; et à l'ombre des glaciers, ils cueillirent des fraises et des fleurs aussi mûres et aussi belles que celles qui faisaient la fierté des terres du Sud. À l'automne, ils pénétrèrent dans un étrange pays de lacs, triste et silencieux, où il y avait eu des oiseaux sauvages, mais où ne subsistait maintenant plus de vie ou de signe de vie – seulement le souffle de vents très froids, la glace qui se formait dans les endroits abrités, et les rides mélancoliques des vagues sur des plages solitaires.

Et durant un autre hiver ils errèrent sur les traces oubliées des hommes qui les avaient précédés. Un jour, ils tombèrent sur un sentier frayé à travers la forêt, un ancien sentier – et la hutte perdue sembla soudain très proche. Mais ce sentier ne commençait et ne finissait nulle part, et il resta un mystère, comme demeurèrent des mystères l'homme qui l'avait tracé et la raison pour laquelle il l'avait tracé. Une autre fois, ils trouvèrent par hasard les décombres d'une cabane de chasse ruinée par le temps, et parmi des lambeaux de couvertures pourries Thornton découvrit

1. **Blizzards** : vents glaciaux accompagnés de tempêtes de neige.

un fusil à pierre à canon long. Il le reconnut pour une arme de la Compagnie de la baie d'Hudson qui remontait aux premières années dans le Nord-Ouest*, quand un tel fusil valait son pesant de peaux de castors empilées. Et c'était tout – aucun indice sur l'homme qui jadis avait élevé la hutte et laissé le fusil au milieu des couvertures.

Ce fut de nouveau le retour du printemps, et à la fin de leur errance ils découvrirent non pas la hutte perdue, mais un filon en surface, dans une large vallée, où l'or luisait comme du beurre blond au fond de la batée. Ils ne cherchèrent pas plus loin. Chaque jour de travail leur rapportait des milliers de dollars en poudre bien pure et en pépites, et ils travaillaient tous les jours. L'or fut entassé dans des sacs en peau d'orignal, cinquante livres par sac, et empilé comme autant de bois de chauffe à l'extérieur de la cabane en branches d'épicéa. Ils trimaient comme des titans, et les jours se succédaient à toute allure, comme en rêve, tandis qu'ils amoncelaient leur trésor.

Les chiens n'avaient rien à faire qu'à traîner de temps en temps le gibier abattu par Thornton, et Buck passait de longues heures à rêvasser près du feu. La vision de l'homme poilu aux jambes courtes lui revenait plus fréquemment, maintenant qu'il y avait peu de travail ; et souvent, tout en clignant des yeux près du feu, Buck errait avec lui dans cet autre monde dont il gardait le souvenir.

Fondée à Londres en 1640 pour la traite des fourrures, la Compagnie de la baie d'Hudson est la plus ancienne entreprise canadienne. Depuis la fin du XIXe siècle, elle a diversifié ses activités et s'est recentrée sur le commerce de détail et l'immobilier.

Le trait marquant de ce monde différent semblait la peur. Quand il regardait l'homme velu dormir près du feu, la tête entre les genoux et les mains serrées par-dessus, Buck voyait qu'il dormait d'un sommeil agité : il sursautait et se réveillait souvent ; alors il scrutait craintivement l'obscurité et jetait davantage de bois sur le feu. Quand ils marchaient sur le bord de mer, où l'homme chevelu ramassait des coquillages pour les manger aussitôt, ses yeux erraient partout à la recherche d'un danger caché, et ses jambes étaient prêtes à courir comme le vent dès qu'il apparaîtrait. Ils se glissaient sans bruit à travers la forêt, où Buck restait sur les talons de l'homme velu ; et, tous deux, ils étaient vigilants et sur le qui-vive[1] : leurs oreilles s'agitaient et remuaient, leurs narines frémissaient, car l'homme avait l'ouïe et l'odorat aussi développés que Buck. Il pouvait grimper d'un bond dans les arbres et s'y déplacer aussi vite que sur le sol, en se balançant de branche en branche à l'aide de ses bras – des branches parfois éloignées l'une de l'autre d'une douzaine de pieds ; il en laissait une pour attraper l'autre, sans jamais tomber ni manquer sa prise. En fait, il paraissait chez lui aussi bien parmi les arbres qu'à terre ; et Buck gardait le souvenir de nuits passées à veiller sous les branches dans lesquelles l'homme chevelu se perchait et s'agrippait ferme tout en dormant.

Et puis, très proche des visions de cet homme chevelu, il y avait l'appel qui retentissait encore dans les profondeurs de la forêt. Il le remplissait d'une grande agitation et d'étranges désirs. Il l'amenait à ressentir une joie vague et douce, et il avait conscience d'aspirations et d'élans sauvages vers il ne savait quoi. Parfois il poursuivait l'appel au cœur de la forêt, et le recherchait comme

1. **Être sur le qui-vive** : être sur ses gardes.

s'il s'agissait d'une chose bien réelle ; il aboyait doucement ou sur un ton de défi, selon ce que lui dictait son humeur. Il fourrait son museau dans la mousse fraîche des bois, ou dans le sol noir où poussaient de longues herbes, et les grasses senteurs de la terre le faisaient grogner de joie ; ou bien il s'accroupissait pendant des heures, comme pour se dissimuler, derrière les troncs d'arbres abattus couverts de moisissure, les yeux et les oreilles largement ouverts à tout ce qui bougeait et bruissait près de lui. Peut-être, en restant ainsi étendu, espérait-il surprendre cet appel dont il ne pouvait saisir le sens. Mais il ignorait la raison pour laquelle il accomplissait ces diverses actions. Il était contraint de les accomplir, sans raisonner du tout à leur sujet.

Des impulsions irrésistibles s'emparaient de lui. Il était couché dans le camp, à sommeiller paresseusement dans la chaleur de la journée, lorsque soudain sa tête se relevait, ses oreilles se dressaient dans une écoute attentive ; alors il bondissait sur ses pattes et s'éloignait à toute allure ; et cela durait pendant des heures, dans les sentes de la forêt et à travers les clairières où les têtes-de-nègre[1] se groupaient en bouquets serrés. Il aimait à descendre le cours des rivières asséchées, à épier sans bruit la vie des oiseaux dans les bois. Pendant une journée entière, il restait étendu dans les sous-bois, où il pouvait observer les perdrix en train de cacaber[2] et de se pavaner. Mais il aimait tout particulièrement courir dans le pâle crépuscule des nuits d'été, en écoutant les murmures assourdis de la forêt qui s'endort, en lisant les signes et les bruits comme un homme peut lire un livre, en cherchant cette chose mystérieuse

1. **Têtes-de-nègre** : bolets (champignons).
2. **Cacaber** : crier en parlant de la caille ou de la perdrix.

dont l'appel résonnait – qui l'appelait éveillé ou endormi, à tout moment, et l'invitait à venir la rejoindre.

Une nuit, il s'éveilla en sursaut et bondit, l'œil impatient ; ses narines frémissantes humaient l'air, sa crinière se hérissait en une succession de vagues. De la forêt provenait l'appel – ou du moins l'une de ses notes, car l'appel en comportait plusieurs – plus clair et plus net qu'il ne l'avait jamais été : un long hurlement, qui ressemblait au cri d'un husky, mais était pourtant tout différent. Et il le reconnaissait comme un son déjà entendu auparavant, et depuis longtemps familier. Il bondit à travers le camp endormi, et fila d'un pas rapide et silencieux à travers les bois. Comme il approchait du cri, il ralentit, devint prudent dans chacun de ses mouvements ; alors, parvenu à une clairière au milieu des arbres, il vit soudain, dressé sur son arrière-train, museau pointant vers le ciel, un loup de la forêt, long et maigre.

Il n'avait fait aucun bruit ; pourtant l'autre cessa de hurler et se mit à sentir sa présence. Buck le rejoignit dans la clairière, à demi accroupi, le corps bien ramassé sur lui-même, la queue raide et droite ; ses pattes avançaient avec une circonspection[1] inhabituelle. Chacun de ses mouvements annonçait un mélange d'intimidation et d'avances amicales. C'était la trêve menaçante qui marque la rencontre des bêtes féroces en quête d'une proie. Mais le loup s'enfuit à sa vue. Alors il le suivit, avec des bonds sauvages et le désir frénétique de le dépasser. Il le poussa dans un bras en cul-de-sac, situé dans le lit d'un ruisseau, où un amas de bois empêchait le passage. Le loup se retourna en pivotant sur ses pattes arrière, à la manière de Joe et de tous les huskies acculés ;

1. **Circonspection** : prudence.

il grondait et se hérissait, en faisant claquer ses dents dans une succession continue et rapide de bruits secs.

Buck n'attaqua pas, mais lui tourna autour et l'enveloppa d'avances amicales. Le loup était soupçonneux et effrayé ; car le chien en valait trois comme lui pour le poids, et sa tête atteignait à peine l'épaule de Buck. Guettant le moment favorable, il repartit comme une flèche, et la poursuite reprit. Maintes fois il se trouva acculé, et le scénario se répéta ; il n'était pas en forme, sinon Buck aurait eu plus de mal à le dépasser. Il courait jusqu'au moment où la tête de Buck se trouvait au niveau de son flanc ; alors, aux abois, il tournait sur lui-même, uniquement pour filer de nouveau à la première occasion.

Mais à la fin, l'opiniâtreté[1] de Buck trouva sa récompense ; car le loup, découvrant qu'il n'avait pas l'intention de lui nuire, le renifla finalement nez à nez. Alors ils devinrent amis, et se mirent à jouer, de cette manière nerveuse et un peu timide avec laquelle les bêtes féroces démentent leur férocité. Après un moment de ce jeu, le loup démarra en grandes foulées souples, d'une façon qui montrait clairement qu'il allait quelque part. Il signifia ouvertement à Buck qu'il devait venir aussi ; ils coururent côte à côte dans le sombre crépuscule, en remontant tout droit le lit de la rivière, jusqu'à la gorge dont elle sortait, et franchirent la froide ligne de partage des eaux où elle prenait sa source.

Sur la pente opposée de la ligne, ils descendirent sur un plateau remarquable par ses grandes étendues boisées et ses nombreux ruisseaux ; à travers ces vastes solitudes ils coururent sans interruption, des heures durant, tandis que le soleil devenait plus haut

1. **Opiniâtreté** : persévérance, obstination.

et la journée plus chaude. Buck était fou de joie. Il savait qu'enfin il répondait à l'appel, en courant à côté d'un frère des bois vers l'endroit d'où, à coup sûr, il provenait. De vieux souvenirs lui revenaient rapidement, et il s'éveillait à leur contact comme autrefois il s'éveillait aux réalités dont ils constituaient les ombres. Il avait fait cela auparavant, quelque part dans cet autre monde qu'il gardait vaguement en mémoire, et il le faisait de nouveau, en courant librement dans les grands espaces, avec la terre jamais foulée sous ses pattes, et le vaste ciel au-dessus de sa tête.

Ils s'arrêtèrent pour boire près d'un petit torrent, et en s'arrêtant Buck se rappela John Thornton. Il s'assit. Le loup s'élança vers l'endroit d'où certainement provenait l'appel, puis il revint vers lui, le renifla avec la truffe[1] et sembla vouloir l'encourager. Mais Buck fit volte-face et commença lentement à rebrousser chemin. Pendant près d'une heure le frère sauvage courut à son côté, en gémissant doucement. Puis il s'assit, pointa le museau vers le ciel, et hurla. Ce fut un hurlement lugubre, et tandis que Buck poursuivait son chemin sans s'interrompre, il l'entendit faiblir et décroître jusqu'au moment où il se perdit dans le lointain.

John Thornton était en train de dîner quand Buck arriva à toute allure dans le camp et se jeta sur lui avec une affection frénétique : il le renversa, lui grimpa dessus, lui lécha le visage, lui mordit la main – jouant le parfait idiot, comme disait John Thornton tout en secouant Buck d'avant en arrière et en l'injuriant tendrement.

Pendant deux jours et deux nuits, Buck n'abandonna jamais le camp, ne quitta jamais des yeux Thornton. Il le suivait à son travail, l'observait pendant qu'il mangeait, le regardait entrer le soir

1. **Truffe** : extrémité du museau du chien.

dans ses couvertures et en sortir au matin. Mais au bout de deux jours l'appel dans la forêt résonna de manière plus impérieuse que jamais. L'agitation ressaisit Buck : il était hanté par les souvenirs de son frère sauvage, de la terre riante au-delà de la ligne de partage des eaux, de la course côte à côte à travers les vastes étendues forestières. Une fois encore il se mit à errer dans les bois, mais le frère sauvage ne revint plus ; et il avait beau écouter durant les longues veilles, le hurlement lugubre ne s'éleva plus.

Il commença à dormir dehors la nuit, s'éloigna du camp durant des jours entiers ; une fois, il traversa la ligne à la source du ruisseau et descendit dans le pays des bois et des eaux courantes. Il y erra une semaine, cherchant vainement[1] une trace fraîche du frère sauvage ; il tuait son gibier en cours de route, et progressait avec ces longues foulées souples qui semblaient ne jamais le fatiguer. Il pêcha le saumon dans une large rivière qui se jetait quelque part dans l'océan, et près de cette rivière il tua un grand ours noir, aveuglé par les moustiques pendant qu'il pêchait aussi, et qui poussa des cris de rage terribles et désespérés à travers la forêt. Même dans ces conditions, ce fut un dur combat, et il fit surgir tout ce qui demeurait à l'état latent[2] dans la férocité de Buck. Deux jours plus tard, quand il retourna vers sa proie et trouva une douzaine de gloutons qui se querellaient sur la dépouille, il les dispersa comme quantité négligeable ; et ceux qui purent s'enfuir en laissèrent deux derrière eux qui ne se querelleraient plus.

Le désir du sang devint en lui plus fort que jamais. C'était un tueur, une bête de proie, vivant aux dépens des créatures vivantes ;

1. **Vainement** : sans succès.
2. **Latent** : caché.

sans aide, solitaire, grâce à sa propre force et à sa propre habileté, il survivait triomphalement dans un environnement hostile où seuls survivaient les forts. Pour toutes ces raisons, il devint doué d'une grande confiance en lui-même, qui se communiquait de manière contagieuse à son existence physique. Elle s'affichait dans tous ses mouvements, se manifestait dans le jeu de chaque muscle, s'exprimait aussi clairement qu'un discours dans son comportement, et ajoutait encore à la splendeur de son superbe manteau de fourrure. Sans la bande marron qu'il avait sur le museau et au-dessus des yeux, et la tache de poils blancs qui descendait juste au milieu de sa poitrine, on aurait bien pu le prendre par erreur pour un loup gigantesque, plus grand que les plus grands de cette race. De son saint-bernard de père il avait hérité la taille et le poids, mais c'était sa mère, un chien de berger, qui avait donné forme à cette taille et à ce poids. Son museau était le long museau du loup, mais il était plus grand que le museau de n'importe quel loup ; et sa tête, un peu plus large, était aussi une tête de loup, mais en plus massive.

Sa ruse était celle du loup, une ruse féroce ; mais son intelligence, celle du chien de berger et du saint-bernard ; et tout cela, ajouté à une expérience acquise à la plus féroce des écoles, en faisait une créature aussi redoutable que toutes celles qui parcouraient les étendues sauvages. Un animal carnivore, ne vivant strictement que de viande, voilà ce qu'il était dans la fleur de son âge, à l'apogée de sa vie – et il débordait de vigueur et de virilité. Quand Thornton lui caressait le dos de sa main, un bruit sec et un crépitement suivaient cette main, et chaque poil déchargeait à son contact le magnétisme qu'il contenait. Chaque partie de son être, cerveau et corps, fibre et tissu nerveux, était accordée de la manière la plus exquise ; et entre toutes ces parties, il y avait un équilibre ou un ajustement parfaits. Aux spectacles, aux sons, aux événements qui exigeaient l'action, il répondait avec la rapidité de l'éclair. Là où un husky pouvait bondir rapidement pour l'esquive ou l'attaque, il était capable de bondir deux fois plus vite. Il voyait le mouvement, ou entendait le bruit, et répondait en moins de temps qu'il n'en fallait à un autre chien pour saisir simplement ce qu'il voyait ou entendait. Il percevait, décidait et répondait dans le même instant. En fait, les trois éléments – perception, décision et réponse – se suivaient ; mais les intervalles de temps qui les séparaient étaient si infimes qu'on les croyait simultanés. Ses muscles débordaient de vitalité, et entraient brusquement en action comme des ressorts d'acier. La vie coulait à travers lui en flots splendides, joyeuse et exubérante, au point qu'elle semblait devoir exploser dans un mouvement de pure extase et se répandre généreusement sur l'univers.

– On n'a jamais vu un chien pareil, déclara un jour John Thornton, tandis que les associés observaient Buck qui sortait du camp.

– Quand on l'a fait, on a cassé le moule, dit Pete.

– Crénom, je l'pense aussi, affirma Hans.

S'ils le voyaient quitter le camp, ils n'assistaient pas à la métamorphose instantanée et terrifiante qui se produisait dès qu'il se trouvait à l'intérieur du mystère de la forêt. Il ne marchait plus. Aussitôt, il devenait une créature sauvage, qui avançait doucement à pas furtifs[1] – des pas de félin –, une ombre qui passait, apparais-

1. **Furtifs** : silencieux et rapides, pour ne pas éveiller l'attention.

sant et disparaissant au milieu des ombres. Il savait comment tirer parti de chaque abri, il savait ramper sur le ventre comme un serpent, et comme un serpent bondir et frapper. Il pouvait tirer un lagopède[1] de son nid, tuer un lapin qui dormait, et briser en plein vol les petits tamias[2] qui s'enfuyaient une seconde trop tard dans les arbres. Les poissons, dans les étangs sans glace, n'étaient pas trop rapides pour lui, ni les castors trop méfiants quand ils réparaient leurs barrages. Il tuait pour manger, jamais de manière gratuite ; mais il préférait manger ce qu'il tuait lui-même. Le plaisir de jouer autant que la menace gouvernait ses actes : il s'amusait à se jeter sur les écureuils et, quand il les tenait presque, à les relâcher ; et ils regagnaient le sommet des arbres morts de peur, en poussant de petits cris.

Tandis que l'automne approchait, l'orignal apparut en plus grande quantité : il descendait lentement pour aller affronter l'hiver dans les vallées plus basses au climat moins rigoureux. Buck avait déjà abattu un jeune animal égaré, qui n'avait pas encore atteint l'âge adulte ; mais il désirait vivement une proie plus grande et plus redoutable ; il la rencontra un jour sur la ligne de partage des eaux, à la source de la rivière. Une bande de vingt orignaux l'avait franchie en venant du pays des ruisseaux et des bois ; son chef était un grand mâle. Il était d'un caractère violent et, dominant le sol de six pieds, offrait même à Buck un adversaire aussi dangereux qu'il pouvait le désirer. Il lançait dans tous les sens ses grands bois palmés, qui se ramifiaient en quatorze andouillers[3]

1. **Lagopède** : oiseau des régions du Nord, au plumage blanc.
2. **Tamias** : petits écureuils d'Amérique du Nord, au pelage jaune pâle rayé.
3. **Andouillers** : chacun des rameaux des bois des cerfs ou des élans.

et s'étendaient sur sept pieds jusqu'à leurs extrémités. Ses petits yeux luisaient d'un éclat méchant et cruel, tandis qu'il rugissait de fureur à la vue de Buck.

Sur le côté du mâle, juste en avant de son flanc, on voyait saillir une pointe de flèche avec des plumes, qui expliquait sa férocité. Guidé par cet instinct qui provenait des anciens jours de chasse dans le monde originel, Buck réussit à séparer l'animal blessé du troupeau. Ce ne fut pas une tâche aisée. Il aboyait et dansait devant lui, en se tenant juste hors d'atteinte des grands bois et des terribles sabots plats qui auraient pu lui ôter la vie en le frappant ne fût-ce qu'une fois. Incapable de tourner le dos au danger des crocs et de poursuivre son chemin, le mâle se laissait aller à de violents accès de rage. Dans de tels moments, il chargeait Buck, qui avait l'astuce de l'attirer dans un mouvement de repli, en feignant d'être incapable de lui échapper. Mais quand il était ainsi séparé de ses camarades, deux ou trois des mâles plus jeunes chargeaient Buck et permettaient au blessé de rejoindre la horde.

Il y a une patience dans la vie sauvage – obstinée, inlassable, persévérante comme la vie même – qui maintient immobile, pendant d'interminables heures, l'araignée dans sa toile, le serpent dans ses anneaux, la panthère en embuscade ; cette patience est tout particulièrement celle de la vie quand elle chasse la nourriture qui la fait vivre ; et elle était celle de Buck quand il s'accrochait au flanc de la horde, retardait sa progression, irritait les jeunes mâles, inquiétait les femelles avec leurs enfants encore jeunes, et rendait la bête blessée folle de rage impuissante. Cela continua pendant une demi-journée. Buck se multipliait, attaquait de tous côtés, enveloppait le troupeau dans un tourbillon de menaces, coupait le chemin de sa victime dès qu'elle aurait pu rejoindre ses congénères, et épuisait la patience des bêtes dont il faisait sa proie, car elle est moindre que celle des prédateurs.

À mesure que le jour s'avançait et que le soleil se couchait au nord-ouest (l'obscurité était revenue et les nuits d'automne duraient six heures), les jeunes mâles étaient de moins en moins disposés à revenir sur leurs pas pour aider leur chef harcelé. Avec l'hiver qui s'annonçait, ils étaient pressés de rejoindre des altitudes moins élevées, et ils avaient l'impression qu'ils ne pourraient jamais se débarrasser de cette bête infatigable qui les retenait en arrière. En outre, ce n'était pas la vie de la horde, ni celle des jeunes mâles, qui se trouvait menacée. Non, on exigeait la vie d'un seul de ses membres, ce qui était d'un intérêt moindre que leur vie à eux, et à la fin ils furent contents de payer ce tribut[1].

Au crépuscule, le vieux mâle se tenait tête basse, observant ses compagnons – les femelles qu'il avait connues, les jeunes dont il était le père, les mâles qu'il avait domptés – tandis qu'ils disparaissaient d'un pas rapide dans la lumière déclinante. Il ne pouvait suivre, car devant son museau bondissaient les crocs terrifiants et sans pitié qui refusaient de le laisser partir. Il dépassait la demi-tonne de trois cents livres ; il avait vécu une vie longue et intense, pleine de batailles et de luttes ; et il la terminait en faisant face à la mort, sous les dents d'un animal dont la tête dépassait à peine ses grands genoux noueux.

À partir de cet instant, nuit et jour, Buck n'abandonna jamais sa proie, ne lui laissa jamais un moment de repos, ne l'autorisa jamais à brouter les feuilles des arbres ou les pousses de jeune

1. **Payer ce tribut** : subir cette perte.

bouleau et de saule. Il ne donna pas non plus au mâle blessé la possibilité d'étancher sa soif brûlante dans les maigres filets d'eau courante qu'ils traversaient. Souvent, en désespoir de cause, l'orignal se précipitait dans de longues périodes de fuite. En pareil cas, Buck n'essayait pas de le retenir, mais courait rapidement sur ses talons, content du tour que prenait le jeu ; il se couchait quand l'autre restait immobile, et l'attaquait sauvagement quand il s'efforçait de manger ou de boire.

La grande tête s'abaissait de plus en plus sous son arbre de cornes, et son trot traînant devenait de plus en plus faible. Il restait immobile pendant de longs intervalles ; son museau penchait vers le sol, ses oreilles abattues retombaient mollement ; et Buck trouvait plus de temps pour aller se chercher de l'eau et pour se reposer. Dans de tels moments, tandis qu'il haletait, sa langue rouge pendante, ses yeux fixés sur le grand mâle, Buck percevait clairement qu'un changement s'accomplissait. Il sentait un frisson nouveau agiter le pays. Tandis que les orignaux y arrivaient, d'autres formes de vie y arrivaient aussi. La forêt, l'eau courante, l'air semblaient palpiter de leur présence. Ce qui lui en apportait la nouvelle, ce n'était pas la vue, l'ouïe ou l'odorat, mais un autre sens plus subtil. Il n'entendait rien, ne voyait rien ; pourtant il savait que la contrée était d'une certaine manière différente ; qu'à travers elle de drôles de choses se préparaient et rôdaient ; et il décida d'enquêter dès qu'il aurait terminé l'affaire en cours.

Enfin, au bout du quatrième jour, il abattit le grand orignal. Durant un jour et une nuit, il demeura près de sa proie, à manger et à dormir, à aller et venir autour d'elle. Puis, reposé, rafraîchi, sûr de sa force, il reprit le chemin du camp pour retrouver John

Thornton. Il avançait en longues foulées rapides, et continuait des heures durant, sans jamais se laisser dérouter par le fouillis des chemins, fonçant droit vers chez lui à travers un pays inconnu, avec un sens si sûr de l'orientation qu'il aurait couvert de honte l'homme et son aiguille aimantée[1].

En poursuivant sa route, il devint de plus en plus conscient de l'agitation nouvelle qui régnait dans le pays. Il y avait, partout, de la vie, différente de la vie qu'il y avait eu là durant tout l'été. Il ne percevait plus ce changement d'une manière subtile et mystérieuse. Les oiseaux en parlaient, les écureuils en bavardaient, même la brise le murmurait. Plusieurs fois il s'arrêta, et aspira l'air frais du matin en reniflant puissamment ; il y lisait un message qui le faisait bondir à plus vive allure. Il était accablé par le pressentiment qu'un désastre était en train de se produire, s'il ne s'était déjà produit ; et tandis qu'il traversait la dernière ligne de partage des eaux et redescendait dans la vallée en direction du camp, il avança avec plus de précaution.

Trois milles plus loin, il tomba sur une piste fraîche qui fit onduler et se dresser le pelage de son cou. Elle menait droit au camp et à John Thornton. Buck se hâta furtivement ; chacun de ses nerfs était tendu et crispé ; sur le qui-vive, il observait les innombrables détails qui racontaient une histoire – tout sauf la fin. Son nez lui décrivait plus ou moins les êtres vivants sur les traces desquels il marchait. Il remarqua le silence lourd de la forêt. Les oiseaux s'étaient envolés. Les écureuils se cachaient. Il en vit un seul – un gris au poil brillant, plaqué contre une branche morte

1. **Son aiguille aimantée** : sa boussole.

grise, si bien qu'il semblait en faire partie, excroissance ligneuse[1] sur le bois lui-même.

Pendant que Buck avançait avec la discrétion d'une ombre furtive, son flair l'attira soudain sur le côté comme si une force puissante l'avait empoigné et saisi. Il suivit la nouvelle odeur dans un fourré et trouva Nig. Il était étendu sur le flanc, mort à l'endroit où il s'était lui-même traîné ; une flèche, avec sa pointe et ses plumes, dépassait de chaque côté de son cadavre.

Cent yards plus loin, Buck tomba sur un des chiens de traîneau que Thornton avait achetés à Dawson. Il se débattait contre la mort, juste sur la piste, et Buck le contourna sans s'arrêter. Du camp arrivait le bruit étouffé de nombreuses voix qui s'élevaient et retombaient en une mélopée[2] chantante. Il avança en rampant à plat ventre jusqu'au bord de la clairière, et trouva Hans, étendu face contre terre, percé de flèches comme un porc-épic. Au même moment, Buck scruta l'endroit où il y avait eu la cabane en branches d'épicéa, et ce qu'il vit fit se hérisser son poil sur l'encolure et sur les épaules. Une bourrasque de rage irrésistible l'emporta. Il ne savait pas qu'il grondait, mais il grondait à voix haute, avec une férocité terrifiante. Pour la dernière fois de sa vie, il permit à la passion de l'emporter sur la ruse et la raison, et ce fut à cause de son grand amour pour John Thornton qu'il perdit la tête.

Les Yeehats[3] étaient en train de danser autour des décombres de la cabane en branches d'épicéa lorsqu'ils entendirent un rugissement effrayant et virent se ruer sur eux un animal tel qu'ils n'en avaient jamais vu auparavant. C'était Buck, véritable ouragan de fureur,

1. **Ligneuse** : de la nature du bois (du latin *lignum*, « bois »).
2. **Mélopée** : chant monotone et triste.
3. **Yeehats** : tribu indienne du Nord-Ouest.

qui se précipitait sur eux en hurlant, avec la frénésie de détruire. Il bondit sur l'homme le plus proche – c'était le chef des Indiens – et lui ouvrit toute grande la gorge : la jugulaire déchirée fit jaillir une fontaine de sang. Il ne s'arrêta pas pour harceler sa victime, mais la déchira au passage, et dès le bond suivant ouvrit la gorge d'un deuxième homme. Pas moyen de lui résister. Il plongeait en plein milieu d'eux, déchirait, lacérait, détruisait, dans un mouvement continu et terrifiant qui défiait les flèches qu'on lui lançait. En fait, ses mouvements avaient une rapidité tellement inconcevable, et les Indiens étaient tellement enchevêtrés qu'ils s'atteignaient les uns les autres avec leurs flèches ; un jeune chasseur, qui voulait lancer un harpon à Buck à mi-hauteur, en transperça la poitrine d'un autre chasseur avec une telle force que la pointe traversa la peau de son dos et ressortit de l'autre côté. Alors la panique saisit les Yeehats : ils s'enfuirent dans les bois, épouvantés, et proclamèrent en fuyant l'arrivée de l'Esprit du mal.

Et réellement Buck était le diable incarné : il se déchaînait sur leurs talons et les abattait comme des daims tandis qu'ils couraient à travers les arbres. Ce fut une journée désastreuse pour les Yeehats. Ils se dispersèrent au loin dans toute la contrée, et il fallut une semaine pour permettre aux derniers survivants de se rassembler dans une vallée plus basse et de faire le bilan de leurs pertes. Quant à Buck, fatigué de les poursuivre, il retourna au camp, qui offrait un spectacle de désolation. Il trouva Pete là où on l'avait tué, dans ses couvertures, surpris au moment du réveil. Les traces de la lutte désespérée de Thornton étaient encore fraîches sur le sol ; Buck en sentit chaque détail, jusqu'au bord d'une mare profonde. Sur ce bord, la tête et les pattes de devant dans l'eau, reposait Skeet, fidèle jusqu'au dernier instant. La mare, boueuse et décolorée depuis les vannes, cachait fort bien ce qu'elle contenait – et ce contenu, c'était John Thornton ; car Buck suivit ses traces jusque dans l'eau, et aucune n'en ressortait.

Toute la journée, Buck remâcha son chagrin près de la mare, ou erra sans but dans le camp, incapable de se calmer. La mort, qui fait cesser le mouvement et arrache la vie aux êtres vivants, il la connaissait, et il savait que John Thornton était mort. Cela lui laissait un grand vide, quelque chose qui tenait de la faim, mais un vide qui n'arrêtait pas de faire souffrir, et que ne pouvait combler la nourriture. Parfois, quand il cessait de contempler les cadavres des Yeehats, il en oubliait cette douleur ; et dans de tels moments il avait conscience d'une grande fierté en lui – une fierté plus grande que toutes celles qu'il avait déjà connues. Il avait tué l'homme, le plus noble de tous les gibiers, et il l'avait tué en dépit de la loi du gourdin et des crocs. Il reniflait les corps avec curiosité. Ils étaient morts si facilement ! Un husky était plus difficile à tuer. Ils ne faisaient pas du tout le poids, n'eût été leur arsenal de flèches, de lances et de gourdins. Désormais il n'aurait plus peur d'eux, sauf quand ils auraient ces armes en main.

Survint la nuit, et la pleine lune s'éleva dans le ciel au-dessus des arbres ; elle illumina la contrée, qui baigna bientôt dans une lueur fantomatique. Avec l'arrivée de la nuit, Buck, qui ruminait toujours son chagrin et se lamentait près de l'étang, devint conscient qu'une vie nouvelle produisait dans la forêt une agitation différente de celle qu'avaient suscitée les Yeehats. Il se leva pour écouter et sentir. Des lointains s'élevait un jappement[1] faible

1. **Jappement** : aboiement aigu et clair.

mais perçant, suivi par un chœur de jappements perçants qui lui ressemblaient. Alors que le temps passait, les cris se rapprochèrent, devinrent plus forts. Buck les reconnut une nouvelle fois : il les avait entendus dans cet autre monde qui persistait en sa mémoire. Il marcha jusqu'au centre de la clairière et écouta. C'était l'appel, l'appel aux notes nombreuses, qui résonnait, plus attirant, plus irrésistible qu'il l'avait jamais été auparavant. Et comme jamais auparavant, il était prêt à lui obéir. John Thornton était mort. Le dernier lien était brisé. L'homme et les prétentions de l'homme ne lui créaient plus d'obligations.

En chassant, comme les Yeehats, le gibier qui assurait leur subsistance sur les flancs du troupeau d'orignaux en migration, la meute des loups avait finalement franchi le col, quitté le pays des ruisseaux et des bois et envahi la vallée de Buck. Dans la clairière inondée par la lumière de la lune, ils se déversèrent tel un flot d'argent ; et au centre de cette clairière se dressait Buck, immobile comme une statue, qui attendait leur arrivée. Ils furent intimidés par l'impression de puissance tranquille qu'il donnait, et il y eut un temps d'arrêt, jusqu'à ce que le plus téméraire bondît droit sur lui. Buck frappa comme l'éclair, lui brisant l'encolure[1]. Alors il demeura sans bouger, comme auparavant, tandis que le loup qu'il avait frappé agonisait derrière lui. Trois autres se succédèrent pour la même tentative. L'un après l'autre, ils durent se retirer : leurs gorges ou leurs épaules lacérées ruisselaient de sang.

Ce fut suffisant pour lancer toute la meute en avant, pêle-mêle, dans une masse serrée et confuse que gênait son impatience à abattre sa proie. La rapidité et l'agilité merveilleuses de Buck lui

1. **L'encolure** : le cou.

furent très utiles. Pivotant sur ses pattes arrière, claquant des mâchoires, tailladant, il était partout à la fois ; il présentait un front apparemment impossible à percer, tant il était prompt à tourbillonner et se protéger de tous les côtés. Mais pour les empêcher de le surprendre par-derrière, il fut contraint de reculer au-delà de la mare, dans le lit du ruisseau, jusqu'à un endroit où il se trouva adossé à un haut talus de gravier. Il se déplaça vers un angle droit que les hommes avaient aménagé pendant l'exploitation de la mine, et de ce renfoncement il les tint à distance ; protégé sur trois côtés, il devait seulement faire face.

Et il le fit si bien qu'au bout d'une demi-heure, les loups battirent en retraite, tout déconfits[1]. Leurs langues pendaient mollement, leurs crocs blancs luisaient d'un éclat cruel sous la clarté lunaire. Certains demeuraient allongés, tête dressée, oreilles tendues en avant ; d'autres restaient debout à l'observer ; d'autres encore lapaient l'eau de la mare. Un grand loup mince et gris s'avança prudemment, d'une manière amicale, et Buck reconnut en lui le frère sauvage avec lequel il avait couru une nuit et un jour entiers. Il gémit doucement et, comme Buck gémissait aussi, leurs museaux se touchèrent.

Alors un vieux loup décharné et marqué par les cicatrices de ses batailles s'avança. Buck tordit les babines comme pour commencer à gronder, mais ils se reniflèrent la truffe. Sur quoi le vieux loup s'assit, pointa le museau vers la lune et lança le long hurlement de sa race. Les autres s'assirent et hurlèrent aussi. Maintenant l'appel parvenait à Buck avec des accents qui ne pouvaient tromper. Et à son tour il s'assit et hurla. Après quoi, il quitta le renfoncement

1. **Déconfits** : dépités.

L'appel du monde sauvage. Illustration de 1903.

et la meute s'amassa autour de lui, en le reniflant d'une manière à la fois féroce et amicale. Les chefs entonnèrent le jappement de la meute et se dispersèrent en bondissant dans les bois. Les loups s'élancèrent derrière eux, jappant en chœur. Et Buck courut avec eux, côte à côte avec son frère sauvage, et lui aussi jappait tout en courant.

C'est peut-être bien là que se termine l'histoire de Buck. Il ne s'était pas écoulé beaucoup d'années lorsque les Yeehats remarquèrent un changement dans la race des loups de la forêt ; car on en voyait qui avaient des taches marron sur la tête et sur la gueule, et un filet blanc centré au bas de la poitrine. Mais, plus remarquable encore, les Yeehats parlent d'un chien fantôme qui court à la tête de la meute. Ils ont peur de lui, car sa ruse dépasse la leur : il vient voler dans leurs camps pendant les terribles hivers, dévalise leurs pièges, massacre leurs chiens, et défie leurs chasseurs les plus courageux.

Et même, l'histoire tourne encore plus mal. Il y a des chasseurs qui ne reviennent jamais au camp, et certains ont été découverts par des hommes de leur tribu la gorge ouverte, cruellement déchirée, avec sur la neige, autour d'eux, des empreintes plus grandes que celles d'aucun loup connu. Chaque automne, quand les Yeehats suivent le mouvement des orignaux, il existe une vallée où ils ne pénètrent jamais. Et il y a des femmes qui deviennent tristes quand on raconte autour du feu comment l'Esprit du mal est venu choisir cet endroit pour y résider.

Au cours des étés, pourtant, un visiteur vient dans cette vallée, à l'insu des Yeehats. C'est un grand loup au pelage glorieux, qui ressemble à tous les autres loups, tout en étant très différent. Il arrive seul du riant pays des bois et descend dans une clairière au milieu des arbres. À cet endroit, un ruisseau jaune sort de sacs en peau d'orignal pourris et se perd dans le sol ; de longues herbes y poussent, une moisissure végétale l'envahit et cache sa teinte dorée au soleil ; c'est là qu'il rêve quelque temps, puis il pousse un long hurlement lugubre avant de repartir.

Mais il n'est pas toujours seul. Quand arrivent les longues nuits d'hiver et que les loups suivent leurs proies dans les basses vallées, on peut le voir courir en tête de la meute, sous le pâle clair de lune ou à la lueur vacillante de l'aurore boréale ; il fait des bonds gigantesques, dominant ses compagnons, et sa vaste gorge gronde tandis qu'il entonne la chanson d'un monde plus jeune, qui est le chant de la meute.

Jack London, *L'Appel sauvage*,
traduction Frédéric Klein

Chercheurs d'or. Gravure, XIXe siècle.

L'Appel sauvage

Un roman d'aventures et d'apprentissage

REPÈRES

PARCOURS DE L'ŒUVRE

TEXTES ET IMAGES

Qu'est-ce qu'un roman d'aventures ?

Le roman d'aventures met surtout l'accent sur l'action et le dépaysement. Il entraîne le lecteur vers des pays lointains, exotiques. C'est au XIXe siècle qu'il se définit comme un genre, même si ses origines sont plus lointaines.

• D'ILLUSTRES ANCÊTRES

Un héros, de nombreuses péripéties, une histoire : d'une certaine manière, tout roman n'est-il pas un roman d'aventures ? Ainsi, pour certains, le premier roman d'aventures est l'*Odyssée* d'Homère. En France, les romans de Chrétien de Troyes, au XIIe siècle, pourraient être qualifiés de premiers romans d'aventures. Autres ancêtres vénérables, en Italie et en Espagne cette fois : *Orlando furioso*, de l'Arioste (1532) et le *Don Quichotte* de Cervantès (1605-1615).

*Au sein du roman d'aventures, on distingue également le roman d'aventures historique qui, sous l'influence de l'Écossais Walter Scott (*Ivanhoé*, 1819), va connaître un développement et une vogue considérables en Europe à l'époque romantique.*

Mais c'est au XVIIIe siècle qu'on s'approche véritablement de ce qui va être le roman d'aventures, avec *Robinson Crusoé* (1719) et *Capitaine Singleton* (1720), dont l'auteur, Daniel Defoe, va devenir le père du roman d'aventures exotique puis celui du roman de piraterie. C'est un autre Anglais, Jonathan Swift, qui, avec *Les Voyages de Gulliver* (1726), ouvre la voie au genre.

• LE XIXe SIÈCLE, ÂGE D'OR DU ROMAN D'AVENTURES

Cependant, c'est au XIXe siècle que le roman d'aventures devient un genre à part entière. L'essor de l'édition après 1850 permet le développement du genre et assure sa prospérité. De nombreuses collections voient le jour, lues par un public nombreux, populaire ou enfantin, et avide de suivre les exploits de ses héros favoris.

Quelques dates au XIXe siècle

1826 : Le Dernier des Mohicans, *de Fenimore Cooper*

1838 : Les Aventures d'Arthur Gordon Pym, *de Edgar Allan Poe*

1844-1845 : Le Comte de Monte-Cristo, *d'Alexandre Dumas*

1870 : 20 000 lieues sous les mers, *de Jules Verne*

1875 : Tom Sawyer, *de Mark Twain*

1883 : L'Île au trésor, *de Robert Louis Stevenson*

1897 : Capitaines courageux, *de Rudyard Kipling*

1911 : La Guerre du feu, *de J.-H. Rosny Aîné*

1912 : Le Monde perdu, *de Conan Doyle ;* Tarzan, *de Edgar Rice Burroughs*

Les années 1860-1920 sont considérées par les spécialistes comme l'âge d'or du roman d'aventures. C'est à cette époque, en effet, que sont écrites les plus grandes œuvres d'un genre identifié comme tel : celles de Conan Doyle, de Stevenson, ou de Rider Haggard en Grande-Bretagne, celles d'Emilio Salgari en Italie, de Jules Verne en France. De même, les principaux romans de Jack London, aux États-Unis, datent de cette période.

Après 1920, c'est plutôt le cinéma – souvent, d'ailleurs, en adaptant des romans d'aventures – qui semble prendre le relais du genre (avec les westerns, par exemple, ou les films à thème historique). Le roman d'aventures, lui, poursuit sa route, mais on identifie de moins en moins les œuvres qui ressortissent au genre, parce que les auteurs qui s'en inspirent (Malraux, Giono, Cendrars parmi d'autres) en font éclater le cadre strict.

Dans les romans de Malraux, l'aventure, l'action, l'héroïsme occupent une grande part. L'atmosphère d'aventure tient au cadre et aux lieux de l'action : expédition archéologique et jungle menaçante dans La Voie royale *(1930) ; révolution chinoise et ville sinistre dans* La Condition humaine *(1933). Cependant, si les personnages de Malraux se singularisent par leur goût de l'action et leur courage héroïque, ils s'interrogent aussi sur la mort et le sens de la vie.*

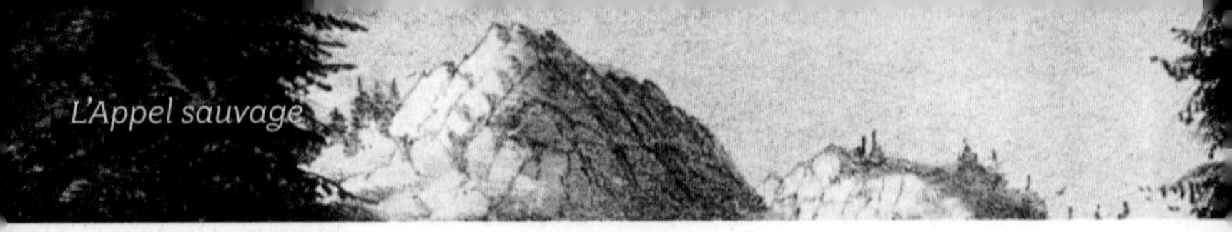

● L'ACCENT MIS SUR LE DÉPAYSEMENT ET L'ACTION

Le roman d'aventures cherche avant tout à dépayser le lecteur, qu'il transporte dans un cadre exotique – exotisme historique ou géographique (une nature vierge et des animaux sauvages). Le voyage en occupe donc le cœur, mais ses motifs sont variés. Ce voyage peut être volontaire : le héros part en quête d'exploits à accomplir, de trésors à rechercher, de civilisations à découvrir. Mais souvent, le voyage est involontaire : peuvent en être à l'origine une guerre ou un périple qui tourne mal (le héros peut subir un naufrage ou avoir été chassé de chez lui).

Cependant, le roman d'aventures est aussi un roman d'épreuves, où le héros doit faire ses preuves à travers de nombreuses péripéties.

Autre constante : dans le roman d'aventures, l'analyse psychologique cède la place à l'action, souvent violente et inhabituelle, le héros étant ainsi un véritable héros, c'est-à-dire quelqu'un qui accomplit des actes de bravoure.

L'Appel sauvage, un roman d'aventures

Le roman de Jack London possède les caractéristiques du roman d'aventures : c'est bien un voyage qu'accomplit Buck, involontaire tout d'abord (le chien est enlevé), volontaire ensuite (après son enlèvement, Buck prend son destin en main et répond à l'appel de sa nature profonde de chien en qui sommeille le loup des origines).

Le cadre de son voyage est exotique : ce n'est pas vers les terres chaudes des îles que Buck est emmené, mais son itinéraire dans le Grand Nord dépayse fortement le lecteur, peu habitué à de tels paysages.

Quant aux exploits, Buck en accomplit de nombreux tout au long du récit : il combat et s'impose comme le chien le plus fort dans son attelage puis dans tout le pays, il sauve son maître Thornton de la noyade, réussit à tirer un traîneau lourdement chargé, tue un ours et un orignal gigantesque, et pour finir massacre toute une tribu d'Indiens.

Qu'est-ce qu'un roman d'apprentissage ?

Un roman d'apprentissage est un récit dans lequel un jeune héros découvre progressivement le monde à travers un parcours initiatique, lequel peut déboucher sur une sagesse, mais aussi sur une cruelle désillusion.

● LA NAISSANCE DU GENRE

C'est au XVIIIe siècle, en Allemagne, que naît le roman d'apprentissage, autrement nommé roman d'initiation ou roman de formation. Ce type de roman met en scène un personnage, souvent jeune, dont on suit le parcours jusqu'à l'âge adulte et la maturité. D'abord inexpérimenté, le héros découvre progressivement la vie et le monde, à travers un parcours initiatique.

● SES PRINCIPALES CARACTÉRISTIQUES

Le récit d'un roman d'apprentissage démarre donc au temps de la jeunesse du héros, qui va s'engager dans une voie difficile (une carrière littéraire, militaire, journalistique, diplomatique, par exemple), une aventure dans laquelle il découvre le monde (un voyage). Plus simplement encore, l'apprentissage du héros est un apprentissage sentimental : le personnage découvre l'amour et ses difficultés.

LE ROUGE

ET LE NOIR

CHRONIQUE DU XIXe SIÈCLE,

PAR M. DE STENDHAL.

TOME SECOND.

PARIS.

LEVAVASSEUR, LIBRAIRE, PALAIS-ROYAL.

1831.

Page de titre, édition de 1831, Paris, BNF.

● LE ROMAN D'APPRENTISSAGE EN QUELQUES TITRES

C'est l'Allemand Goethe qui lance le genre avec son roman *Les Années d'apprentissage de Wilhelm Meister* (1796). En France, *Le Rouge et le Noir* (1830) et *La Chartreuse de Parme* (1839) de Stendhal, *Illusions perdues* de Balzac (1836-1843), *Dominique* (1862) de Fromentin, *L'Éducation sentimentale* (1869) de Flaubert, ou encore *Bel-Ami* (1885) de Maupassant peuvent être considérés comme des romans d'apprentissage, dans lesquels les héros font l'expérience cruelle de l'existence et notamment de l'amour. Dans la plupart de ces romans, le protagoniste subit une profonde désillusion, ses ambitions amoureuses ou professionnelles se terminant sur un échec douloureux.

Jeune bourgeois épris d'aventure et de liberté, le jeune Wilhelm s'engage dans une troupe de théâtre itinérante. Au cours de ses aventures, il découvre l'amour (à travers la figure de Mignon), le monde, la société de son époque, et devient un homme.

L'Appel sauvage, roman d'apprentissage ?

Roman d'aventures, le récit de Jack London se présente au lecteur également comme un roman d'apprentissage : c'est bien l'itinéraire douloureux de Buck que nous suivons dans le récit, sa découverte progressive du monde et de ses dangers. Et c'est bien une quête initiatique qui nous est montrée à travers les aventures de Buck : celui-ci découvre la loi des hommes, la loi de la nature et finit son parcours par une initiation progressive à la vie des loups dans la forêt.

Qu'est-ce qu'un récit animalier ?

Le récit animalier prend pour personnages des animaux. De nombreux genres littéraires recourent aux figures animales, les contes, les fables, le roman et même le théâtre, dans lesquels les animaux peuvent représenter des hommes.

● DES GENRES LITTÉRAIRES TRÈS DIVERS

Le récit animalier n'est pas à proprement parler un genre littéraire. Cependant, de nombreux écrivains, à travers les siècles, ont choisi de faire de leurs héros des animaux, souvent avec l'intention de donner à travers eux une image de l'homme, dont ils mettent en avant les vices ou les qualités.

Si les contes animaliers ont une longue histoire, depuis les contes africains jusqu'à ceux des frères Grimm ou d'Andersen au XIXe siècle, il ne faut pas oublier la fable qui, dès l'Antiquité, prend pour personnages des animaux.

En Grèce, c'est le poète Ésope (VIe siècle av. J.-C.) qui illustre le mieux le genre de la fable. La Fontaine, au XVIIe siècle, s'est beaucoup inspiré d'Ésope, à qui il emprunte de nombreux sujets.

Au Moyen Âge, le fameux *Roman de Renart* décrit, comme les fables, un monde animal gouverné par les mêmes règles et passions que le monde humain. Renart le goupil, Ysengrin le loup, Tibert le chat et les autres ont connu une immense célébrité.

Plus proche de nous, Edmond Rostand, dans sa pièce *Chantecler* (1908), raconte la vie quotidienne des animaux d'une basse-cour. Le héros, dont la pièce porte le nom, est le coq Chantecler, qui détient le terrible et mystérieux pouvoir, en chantant, de faire se lever le soleil.

L'Appel sauvage, récit animalier ?

Nous avons vu que L'Appel sauvage *est un roman d'aventures et d'apprentissage, mais, dans la mesure où le protagoniste du récit est un chien, ce roman peut également être défini comme un récit animalier.*

Étape I • Entrer dans un roman d'aventures

SUPPORT • Chapitre I (p. 13 à 29)

OBJECTIF • Identifier le contexte dans lequel s'inscrit le roman

As-tu bien lu ?

1 Comment s'appelle le héros du récit ?

2 Chez qui vit-il ?
☐ l'avocat Malher ☐ le juge Miller ☐ le juge Moller

3 Pour quelle raison Manuel, l'assistant du jardinier, enlève-t-il le chien ?
☐ pour se venger de son patron
☐ pour trouver l'argent qui lui permettra de partir dans le Grand Nord
☐ pour payer ses dettes de jeu et nourrir sa famille

4 Que porte l'homme qui dresse Buck à Seattle, après son enlèvement ?
☐ une veste rouge et un fouet
☐ un gilet rouge et un gourdin

5 Pour quelle somme d'argent Perrault achète-t-il le chien ?

Le cadre spatio-temporel

6 En quelle année l'action se déroule-t-elle ?
☐ 1907 ☐ 1897 ☐ 1927

7 Replace l'itinéraire de Buck dans le bon ordre :
☐ San Francisco – Seattle – Santa Clara – Grand Nord
☐ Santa Clara – Seattle – San Francisco – Grand Nord
☐ Santa Clara – San Francisco – Seattle – Grand Nord

8 Cite un passage du chapitre qui prouve que le récit se déroule au moment de la ruée vers l'or.

9 En quoi, pour nous, le cadre du récit est-il exotique ?

Portrait du héros : de l'« aristocrate repu » au chien forcé au voyage

10 Depuis : « Or sur ce grand domaine régnait Buck » jusqu'à : « avait préservé sa santé » (l. 28-69) montre, en relevant au moins deux expressions, que Buck mène une vie privilégiée.
Commente l'expression : « l'existence d'un aristocrate repu » (l. 61) en cherchant un synonyme à l'adjectif « repu ».

11 Depuis : « Et, véritablement, Buck était un démon aux yeux rouges » jusqu'à : « sans connaissance » (l. 228-261), relève tous les mots qui expriment la violence avec laquelle l'homme dresse le chien.

La langue et le style

12 Dans la scène évoquée à la question 11, relève les mots qui décrivent la souffrance ressentie par Buck.

13 D'après les phrases suivantes : « Cent, répondit-il. L'voulait pas un sou d'moins, j'te jure ! », dirais-tu que la langue des dialogues est ?
☐ soutenue ☐ familière ☐ courante

Faire le bilan

14 Complète le texte avec les termes suivants, ce qui te permettra de faire un premier bilan :
loi du gourdin – Seattle – cruauté – Miller – Grand Nord – tranquille.
Buck est un chien qui mène une existence .... chez le juge .... Un jour, il est enlevé par Manuel et conduit en train à .... puis en bateau dans le.................. . Entre-temps, il a découvert la .... humaine, à travers l'homme au gilet rouge qui lui enseigne la...................... .

À toi de jouer

15 **Rédige**. Buck, prisonnier dans le train après son enlèvement, regrette la vie qu'il menait chez le juge et se demande où on le conduit.

Étape 2 • Caractériser les personnages

SUPPORT • Chapitre II (p. 30 à 43)

OBJECTIFS • Découvrir certains personnages du récit et observer les premières métamorphoses du héros

As-tu bien lu ?

1 Comme le chien Curly meurt-il ?

☐ en tombant dans un trou glacé
☐ épuisé par l'effort
☐ dans un combat contre un husky

2 Voici les noms des compagnons de Buck dans l'attelage. Quel est celui qui n'y figure pas ?

☐ Spitz ☐ Curly ☐ Dave ☐ John
☐ Billie ☐ Joe ☐ Sol-leks

3 Pour quelle raison Perrault et François placent-ils Buck, dans l'attelage, entre Dave et Sol-Leks ?

☐ pour éviter qu'il ne soit au contact du traîneau
☐ pour lui permettre de s'instruire

Les compagnons de Buck

4 Quel chien occupe la tête de l'attelage ?

5 Relis le passage suivant : « François était sévère et exigeait une obéissance immédiate [...] chacun d'eux en nourrissait une autre, bien plus essentielle » (l. 60-114) et retrouve le caractère des compagnons de Buck en remettant les qualificatifs suivants dans le bon ordre :

☐ Sol-Leks est un timonier expérimenté
☐ Dave gronde sans arrêt
☐ Billie est le Coléreux, aveugle d'un œil
☐ Joe a trop bon caractère

Première découverte du Grand Nord

6 Dans cette phrase, depuis : « Ce fut une rude journée de course pour monter au canyon » jusqu'à : « au printemps » (l. 217-226), retrouve le bon ordre pour le parcours de l'attelage :

Sheep camp – l'extrémité du lac Bennett – des glaciers – les Scales et la ligne des bois – le grand col de Chilkoot – un chapelet de lacs.

7 Comment Buck apprend-il à dormir dans la neige ?

8 Comment apprend-il à voler et pour quelle raison ?

La langue et le style

9 Retrouve le seul passage au style direct du chapitre. Par qui les phrases sont-elles prononcées ?

10 Dans quel registre de langue ce passage est-il rédigé ?

11 Que nous apprend-il du caractère de Buck ?

Faire le bilan

12 Complète le texte, qui résume l'apprentissage de Buck dans ce chapitre, avec les expressions suivantes :
se battre comme ses ancêtres sauvages – tirer de grands poids – se laisser mettre à terre – la loi des crocs – se battent les huskies – pour sa propre peau – dormir – en se recouvrant de neige.
Buck, déplacé dans le Grand Nord, apprend qu'y règne ...., c'est-à-dire que chacun combat ...., dans un milieu très hostile. Grâce à la mort de Curly, il découvre comment .... et que dans un combat, si on veut survivre, il ne faut pas .... Buck apprend aussi à .... dans le grand froid en ...., comme le font les autres chiens. Il découvre que les chiens sont attachés dans un attelage et qu'ils doivent .... sur de très longues distances. Il apprend enfin à voler pour se nourrir mieux et à ....

À toi de jouer

13 **Recherche**. Au CDI ou chez toi, effectue des recherches sur les chiens huskies. Tu présenteras ton travail sous forme d'exposé illustré.

14 **Rédige**. Peut-on, selon toi, utiliser la force pour réussir une éducation ?

Étape 3 • Étudier une scène d'action : le combat à mort contre Spitz

SUPPORT • Chapitre III (p. 44 à 64), depuis : « Buck ne poussa pas un cri » (l. 442) jusqu'à la fin du chapitre

OBJECTIF • Analyser une scène importante dans la progression du récit

As-tu bien lu ?

1 Pourquoi Spitz et Buck se retrouvent-ils face à face dans un combat ?
☐ parce que Spitz l'a cherché
☐ à l'occasion d'une poursuite contre un lièvre des neiges
☐ parce qu'ils se disputent le repas du soir

2 Qui semble l'emporter d'abord, Spitz ou Buck ?

3 Combien de huskies assistent au combat ?
☐ trente
☐ cinquante
☐ soixante

Une scène sanglante

4 Relève, dans le passage, les termes qui évoquent la déchirure et le sang.

5 Lequel des deux combattants est le plus blessé ?

Une scène dramatique

6 Les huskies qui assistent au combat sont rangés en un « cercle attentif » et « silencieux » : qu'attendent-ils ?

7 Trouve, dans le passage, une phrase pour appuyer ta réponse à la question précédente.

Un tournant dans le récit

8 À quel moment du récit Buck prend-il l'avantage sur Spitz ?

9 Où blesse-t-il son adversaire ?

10 Quelle est l'attitude des huskies après la blessure de Spitz ?

La langue et le style

11 Dans une scène de combat, les verbes d'action sont nombreux. Cite au moins trois verbes d'action présents dans le passage.

12 À la fin du passage, au moment de l'assaut final, trouve deux mots qui évoquent la peur de Spitz.

Faire le bilan

13 Complète le texte avec les termes suivants, inspirés de la scène que tu viens de lire :
par surprise – instinctif – le mâle dominant – la ruse – les huskies – l'imagination et l'intelligence – froid et calculateur.
Spitz, qui est plutôt un chien ...., n'attaque jamais sans être prêt à l'assaut, tandis que Buck, plus ...., attaque à maintes reprises. Ses qualités principales sont .... C'est grâce à elles qu'il a trouvé .... de se plaquer dans la neige et d'attaquer la patte de son adversaire .... Avec une patte cassée, Spitz est fichu et doit attendre en tremblant que .... se jettent sur lui pour le dévorer. La victoire de Buck est un tournant dans le récit : désormais, il est devenu .... de la meute, c'est-à-dire le chien le plus fort que les autres craignent.

À toi de jouer

14 Tu es Perrault et tu racontes à François le combat entre Spitz et Buck, auquel tu as assisté.

Étape 4 • Analyser un thème : le voyage périlleux dans le Grand Nord

SUPPORT • Chapitre V (p. 79 à 100) depuis : « Avec les bêtes qui tombaient » (l. 445) jusqu'à la fin du chapitre

OBJECTIF • Étudier un thème important et analyser un tournant du récit

As-tu bien lu ?

1 Avant d'arriver chez Thornton, à qui Hal, Charles et Mercedes ont-ils acheté Buck et ses compagnons ?
☐ François et Perrault ☐ Manuel ☐ un métis écossais

2 Pourquoi, avant de prendre la piste, les trois voyageurs se sont-ils débarrassés d'une grande partie de leur chargement ?
☐ pour le donner à des personnes qui en avaient davantage besoin
☐ parce que ce chargement était encombrant

3 Pour quelle raison Buck et ses compagnons sont-ils épuisés ?
☐ en raison du froid
☐ parce qu'ils sont vieux
☐ parce qu'ils ont parcouru 2 500 miles en cinq mois sans se reposer

4 À quel moment de l'année les trois voyageurs arrivent-ils chez Thornton ?
☐ en plein hiver
☐ à la fonte des neiges et des glaces

Des voyageurs inexpérimentés

5 John Thorton semble-t-il content de voir les trois voyageurs ? Cite une phrase qui le prouve.

6 Quel conseil leur avait-on donné avant qu'ils n'arrivent chez Thornton ? L'ont-ils suivi ?

7 Thorton cherche-t-il à empêcher Hal et ses compagnons de reprendre le voyage ? Pourquoi ? Justifie ta réponse en citant le texte.

Sauvé par Thornton

8 Complète le texte avec les noms de chiens suivants :
Pike – Teek – Sol-Leks – Joe.
Lorsque Hal sort le fouet pour faire se lever les chiens et repartir, ... se remet sur ses pattes le premier, ... puis .... se lèvent eux aussi. ...., lui, parvient à se remettre debout à la troisième tentative.

9 À cause de quel pressentiment Buck reste-t-il couché, malgré les coups de fouet ? Quelle phrase Thornton prononce-t-il au moment où il décide d'intervenir pour sauver Buck du fouet ?

La langue et le style

10 « Il donnait des conseils laconiques » (l. 456-457) : cherche le sens du terme « laconique » dans un dictionnaire puis remplace-le par un synonyme.

11 Dans la scène de combat entre Hal et John, relève trois verbes d'action.

Faire le bilan

12 Hal, Charles et Mercedes sont-ils toujours vivants à la fin du chapitre ? Résume en une ou deux phrases ce qui leur arrive.

À toi de jouer

13 Tu es John Thornton et, dans une lettre de quelques lignes, tu racontes l'épisode des trois voyageurs à un ami.

Étape 5 • Observer les exploits du héros

SUPPORT • Chapitre VI (p. 101 à 120) depuis : « Cet hiver-là » (l. 315) jusqu'à la fin du chapitre.

OBJECTIF • Mettre en évidence une des caractéristiques du roman d'aventures : l'accent mis sur l'action

As-tu bien lu ?

1 Combien d'associés John Thorton a-t-il ?
☐ un ☐ deux

2 Pourquoi Buck craint-il d'être abandonné par John Thornton ?

3 Comment se nomme le bar dans lequel est fait le pari ?

4 Comment se nomme l'homme contre qui Thornton effectue le pari ?
☐ O'Brien
☐ Matthewson

5 À Dawson, sur quelle distance Buck tire-t-il le traîneau ?
☐ sur cinquante yards
☐ sur cent yards

6 Quelle somme John parie-t-il lors de cet épisode ?
☐ deux cents dollars
☐ six cents dollars
☐ mille dollars

Un exploit extraordinaire

7 Quelle raison John donne-t-il à Buck pour accomplir cet exploit ? Trouve une phrase du texte où elle est exprimée.

9 John Thornton doute un moment que Buck puisse arriver à tirer le traîneau. Trouve la phrase qui le prouve.

10 Pour quelle somme, à la fin du chapitre, est-on prêt à acheter Buck à John Thornton ?

La langue et le style

11 Dans cet épisode du pari, retrouve trois phrases de type interrogatif et note-les.

12 « Droite ! » « Gauche ! », tels sont les ordres que John donne à Buck qui tire le traîneau. À quel type ces deux phrases appartiennent-elles ?

Faire le bilan

12 Retrouve le bon déroulement des événements en remettant les actions suivantes dans le bon ordre :
- le traîneau oscille et tremble
- on attelle Buck au traîneau
- Thornton crie « À gauche ! »
- on détache les dix chiens du traîneau
- le traîneau avance par à-coups
- Thornton crie « À droite ! »

À toi de jouer

13 Recherche.
« Cent yards », « mille livres ». Les mesures de distance et de poids mentionnées dans le récit te sont sans doute un peu étrangères. Effectue des recherches afin de les convertir dans des mesures qui te sont plus familières.

14 Rédige.
Tu es journaliste, tu as assisté à l'exploit de Buck et tu en fais un récit enthousiaste dans ton journal.

Étape 6 • Faire le point sur le roman et son titre

SUPPORT • Chapitre VII (p. 121 à 145) et ensemble du roman

OBJECTIF • Dresser un bilan de lecture et comprendre le titre du roman

As-tu bien lu ?

1 Quel animal lance l'appel auquel répond Buck ?

2 Comment nomme-t-on les élans en Amérique du Nord ?

3 Quelle tribu d'Indiens est présente dans le récit ?

4 Pourquoi la mort de Thornton pousse-t-elle Buck à répondre définitivement à l'appel sauvage ?

La rencontre du premier loup

5 Depuis : « Une nuit, il s'éveilla en sursaut » jusqu'à : « où il se perdit dans le lointain » (l. 154-224) : dans cette scène importante, le loup comprend-il tout de suite les intentions amicales de Buck ?

6 Ensuite, comment leur amitié se manifeste-t-elle ?

7 Pourquoi Buck ne suit-il pas le loup définitivement à ce moment-là ?

La métamorphose est complète

8 À la fin du chapitre, lorsque la meute de loups arrive (depuis : « En chassant » jusqu'à : « jappait tout en courant », l. 539-588), Buck est-il d'emblée accepté par eux ?

9 Quel rôle joue le premier loup rencontré plus haut dans l'intégration de Buck à la meute ?

10 Qui est ce « grand loup au pelage glorieux » qui apparaît dans les derniers paragraphes du chapitre ?

La langue et le style

11 « sous le pâle clair de lune ou à la lueur vacillante de l'aurore boréale » (l. 620) : qu'est-ce qu'une aurore boréale ? Donne une définition après avoir cherché dans le dictionnaire.

Faire le bilan

12 Dans cette liste des exploits de Buck, lequel ne figure pas dans le roman ?
☐ Buck sauve Thornton de la noyade ☐ Buck tue le chef des orignaux
☐ Buck tue le patron du bar *Eldorado*
☐ Buck défend Thornton contre un homme dans un bar
☐ Buck tue un ours ☐ Buck massacre des Indiens

13 « Dans la profondeur de la forêt résonnait un appel… » Quel est cet appel ?
☐ l'appel de la vie sauvage et primitive
☐ l'appel, chez Buck, de sa nature enfouie et retrouvée

14 Dans le tableau suivant, retrouve, pour les titres de la colonne de gauche, inspirés de cinq titres de chapitres du roman, le développement qui lui correspond.

Dans le monde des origines	Buck accomplit des exploits
La loi du gourdin	Et Buck hésite à y répondre, avant que son maître ne soit assassiné
Le mâle dominant des origines	Buck apprend à vivre comme un huskie et à se défendre dans un milieu hostile
Pour l'amour d'un homme	C'est celle de l'obéissance forcée aux hommes armés
L'appel retentit	C'est celui auquel les autres se soumettent en raison de sa force et de sa combativité

À toi de jouer

15 **Recherche**. Tu effectueras des recherches sur les orignaux ou les loups. Tu présenteras ton travail sous forme d'exposé documenté.

16 **Rédige**. En quoi, selon toi, peut-on interpréter le roman de Jack London comme un roman initiatique qui nous incite à la liberté ou comme un roman qui critique la civilisation ?

Étape 7 • Étudier la ruée vers l'or du Klondike

SUPPORT • L'ensemble du roman et l'enquête

OBJECTIF • Exploiter les informations de l'enquête

As-tu bien lu ?

1 Dès l'incipit (premier paragraphe du roman), Jack London évoque la ruée vers l'or. À quel chapitre de l'enquête peux-tu rattacher les informations contenues dans cet incipit ?

2 Rappelle en une ou deux phrases le rôle déterminant que va jouer dans la vie de Buck la découverte des gisements d'or du Klondike.

3 Retrouve, dans le premier chapitre, la phrase où Jack London évoque la date de la découverte de ces gisements.

4 Cette date correspond-elle à celle mentionnée dans l'enquête ?

Un document sur la ruée vers l'or et son itinéraire

5 La première phrase du chapitre II mentionne la plage de Dyea comme début de l'itinéraire vers Dawson City.
Vérifie dans l'enquête que Dyea est bien l'une des villes où commence le voyage vers le Klondike. Situe-la sur la carte page 12.

6 Dans le chapitre IV, Perrault, François et leur attelage de chiens parcourent la route jusqu'à Dawson dans les deux sens.
D'après ce que l'enquête t'apprend du trajet, sont-ils, dans cette phrase : « Et la dernière nuit de la seconde semaine, ils grimpèrent White Pass et dévalèrent la pente conduisant jusqu'à la mer, avec les lumières de Skaguay et des navires à leurs pieds » (l. 119-122), sur le chemin aller ou sur le chemin retour ?

7 Comment se nomme aujourd'hui la ville de Skaguay évoquée dans la phrase ? Retrouve-la sur la carte page 12.

Des conditions de voyage difficiles

8 Dans le chapitre V, quelles erreurs fatales Hal, Charles et Mercedes commettent-ils ?
- ☐ Ils n'emportent pas assez de nourriture avec eux
- ☐ Ils ne font pas attention au rythme de la fonte des neiges
- ☐ Ils emportent des objets inutiles
- ☐ Les trois ensemble

9 Dans quel chapitre de l'enquête la question des vivres à emporter pour ne pas mourir de faim est-elle évoquée ?

10 Quelle quantité de nourriture les autorités canadiennes imposaient-elles aux chercheurs d'or pour les laisser entrer dans le pays ?

Faire le bilan

11 Dans le chapitre VII, Thornton, ses deux amis et Buck découvrent un filon d'or, « un filon en surface, dans une large vallée, où l'or luisait comme du beurre blond au fond de la batée » (l. 82-84).
D'après l'enquête, rappelle ce qu'est une batée.

12 Dans le même chapitre, les personnages deviennent riches (« Chaque jour de travail leur rapportait des milliers de dollars en poudre bien pure et en pépites, et ils travaillaient tous les jours », l. 85-86). Pourquoi, au terme du roman, ne peuvent-ils pas profiter de cette richesse ?

13 D'après ce que tu sais de l'expérience de Jack London en tant que chercheur d'or, la richesse de Thornton et de ses amis est-elle un élément autobiographique du romancier ?

À toi de jouer

14 **Recherche**. À partir d'un des sites internet mentionnés dans la rubrique « À lire et à voir », réalise un exposé sur les chercheurs d'or et la méthode utilisée pour filtrer le métal précieux avec une batée.

Voyager ? Pour quoi faire ? : groupement de documents

OBJECTIF • Présenter différents motifs du voyage, à travers les siècles.

DOCUMENT 1 IBN BATTUTA, « Voyages et périples », in *Voyageurs arabes*, © Éditions Gallimard, « Bibliothèque de la Pléiade », 1995.

Ibn Battuta (1304-1369), explorateur et voyageur marocain, parcourut près de 120 000 kilomètres, de l'Afrique à la Chine, en passant par la Russie et l'Inde. Il peut être comparé à Marco Polo mais les récits qu'il a laissés sont plus véridiques que ceux du célèbre Vénitien. Dans l'extrait suivant, il quitte Bagdad, capitale de l'Irak actuel.

Je quittai Bagdad avec l'armée du sultan Abû Sa'îd. Je voulais savoir comment le roi de l'Irak s'organisait quand il partait en voyage, campait, se déplaçait et voyageait. Les Mongols ont pour habitude de se mettre en route dès le point du jour puis de camper au milieu de la matinée. Voici le cérémonial qu'ils observent : chaque émir[1] arrive avec ses troupes, ses timbales[2] et ses étendards, s'arrête à un emplacement qui lui a été désigné et qu'il garde, soit sur l'aile droite, soit sur l'aile gauche. Lorsque tous les émirs sont arrivés et que leurs rangs sont au complet, le roi monte à cheval. C'est alors qu'on bat les timbales et qu'on sonne du cor et de la trompette pour annoncer le départ. Chaque émir va saluer le roi et revient à son poste. Puis, s'avancent devant le souverain les chambellans et les nâqib (officiers généraux) suivis des musiciens, soit environ cent hommes vêtus d'habits superbes sur des montures de l'écurie royale. Devant les musiciens, chevauchent dix cavaliers, timbales au cou, et cinq autres avec des hautbois qu'on appelle chez nous ghayta. Dix musiciens chantent leur morceau et ainsi de suite durant dix reprises. C'est alors que l'armée dresse le camp.

1. **Émir** : prince arabe.
2. **Timbales** : instruments à percussion.

DOCUMENT 2 BLAISE CENDRARS, *L'Or* (1925), © Éditions Denoël, 1960 2001, chapitre 34.

Blaise Cendrars (1887-1961) est un romancier et poète suisse. Ses récits et ses poèmes célèbrent le voyage. Dans L'Or, *il raconte la ruée vers l'or en Californie en 1848, et comment la découverte du gisement sur ses terres entraîna la ruine du milliardaire Sutter.*

San Francisco. La Californie. Sutter !
Ces trois noms faisaient leur tour du monde, on les connaissait partout, jusque dans les villages les plus reculés. Ils réveillaient les énergies, les appétits, la soif de l'or, les illusions, l'esprit d'aventure. De tous les points du globe partaient maintenant des solitaires, des corporations, des sectes, des bandes vers la Terre promise, où il suffisait de se baisser pour ramasser des monceaux d'or, de perles, de diamants ; tous convergeaient vers l'Eldorado. Et sur les quais de San Francisco c'était un incessant arrivage de Sud-Américains, de Kamtchalades[1], de paysans de Sibérie et de toutes les races d'Asie embarquées dans les ports chinois. Les troupes de Nègres, de Russes, de Jaunes occupaient tout à tour le fort Sutter[2] et relevaient les Allemands, les Suédois, les Italiens, les Français, déjà montés aux mines. Des agglomérations naissaient et se multipliaient avec une rapidité sans exemple dans l'histoire. En moins de 7 ans, les habitants des villes se chiffraient par centaines de mille et ceux du pays par millions. En 10 ans, San Francisco était devenu une des plus grandes capitales du monde. Le petit village de Yerba Buena avait été englouti. Le terrain à bâtir s'était vendu aux mêmes prix qu'à Londres où à New York.

1. **Kamtchalades** : habitants du Kamtchaka, presqu'île de Russie située à l'extrémité orientale de la Sibérie.
2. **Fort Sutter** : voir L'Enquête, note 1, p. 177.

DOCUMENT 3 NICOLAS BOUVIER, *L'Usage du monde,*

Nicolas Bouvier (1929-1998), écrivain, photographe et voyageur suisse, s'est surtout fait connaître par ses récits de voyage. L'Usage du monde, *un classique du genre, reste son livre le plus célèbre.*

C'est la contemplation silencieuse des atlas, à plat ventre sur le tapis, entre dix et treize ans, qui donne ainsi l'envie de tout planter là. Songez à des régions comme le Banat[1], la Caspienne, le Cachemire, aux musiques qui y résonnent, aux regards qu'on y croise, aux idées qui vous y attendent... Lorsque le désir résiste aux premières atteintes du bon sens, on lui cherche des raisons. Et on en trouve qui ne valent rien. La vérité, c'est qu'on ne sait comment nommer ce qui vous y pousse. Quelque chose en vous grandit et détache les amarres, jusqu'au jour où, pas trop sûr de soi, on s'en va pour de bon.

Un voyage se passe de motifs. Il ne tarde pas à prouver qu'il se suffit à lui-même. On croit qu'on va faire un voyage, mais bientôt c'est le voyage qui vous fait, ou vous défait.

1. **Banat** : région historique d'Europe centrale, partagée entre la Hongrie, la Serbie et la Roumanie.

DOCUMENT 4 *La Chilkoot Pass dans les années 1896-1898.*

Durant la ruée vers l'or du Klondike, des milliers de chercheurs d'or gravirent l'un derrière l'autre, en chaînes ininterrompues, les marches taillées dans la glace de la Chilkoot Pass.

As-tu bien lu ?

1 Dans lequel des trois premiers documents le narrateur se présente-t-il lui-même comme un voyageur ?

2 Dans quel pays se trouve-t-il ?
☐ l'Irak
☐ les États-Unis
☐ la Hongrie

Des motifs différents

3 Dirais-tu que le document 1 propose comme motif au voyage :
☐ la volonté de se connaître soi-même ?
☐ la volonté de s'enrichir par l'argent ?
☐ la volonté de connaître les coutumes de pays étrangers ?

4 Lequel des trois premiers documents donne comme motif au voyage le souci de devenir riche ?

5 Par quel moyen ?

6 Dans quelle mesure le document 2 donne-t-il une explication des phénomènes d'émigration ?

7 Dans ce même document 2, quelle conséquence, selon l'auteur, la volonté de partir en quête de l'or a-t-elle eue sur l'évolution des villes ?

Des motifs semblables

8 Montre, en citant une ou deux phrases du texte, que le document 3, comme le document 1, donne pour motif au voyage le désir de mieux connaître l'autre et de découvrir des pays étrangers.

9 À quel moment de l'existence, selon l'auteur du document 3, ce désir naît-il ?

10 « Un voyage se passe de motifs. Il ne tarde pas à prouver qu'il se suffit à lui-même. On croit qu'on va faire un voyage, mais bientôt c'est le voyage qui vous fait, ou vous défait. »
Comment comprends-tu ce passage essentiel du document 3 ?

Lire l'image

11 Que font les hommes représentés sur le document 4 ?

12 À ton avis, que portent-ils sur leur dos ?

13 Cette photo te rappelle-t-elle un épisode du roman de Jack London ? Lequel ?

À toi de jouer

14 **Recherche**. Chez toi ou au CDI, recherche sur Internet, à l'aide des sites qui te sont suggérés dans la rubrique « À lire et à voir », d'autres photos d'époque représentant la ruée vers l'or dans le Klondike.

15 Complète le texte suivant à l'aide des mots ou des expressions ci-dessous :
refaire sa vie à l'étranger – motifs – suisse – se découvrir soi-même – Blaise Cendrars – thème – Bagdad – genre littéraire – Ibn Battuta.
Le récit de voyage est un .... très ancien, comme en témoigne par exemple l'extrait du livre de ...., où l'auteur relate son périple dans la ville de ....
Mais le voyage peut être également un ....
privilégié du roman, comme on le voit dans le passage extrait du livre de .... Les .... du voyage sont variés : on voyage pour découvrir le monde, pour ...., et peut-être surtout pour ...., comme le dit très bien l'auteur .... Nicolas Bouvier.

Croc-Blanc, L'Appel sauvage, Construire un feu *ou encore* Radieuse Aurore : *la ruée vers l'or est un thème récurrent dans les romans et les nouvelles de Jack London. L'écrivain revient ainsi sur une expérience personnelle qui a marqué sa vie. Mais qu'est-ce au juste que la ruée vers l'or ? Quand le précieux métal fut-il découvert dans le Grand Nord canadien ? Dans quelles conditions les chercheurs d'or voyageaient-ils ? La fièvre de l'or a-t-elle embrasé d'autres contrées en d'autres temps ?... Voilà quelques-unes des questions qui vont jalonner notre enquête.*

La ruée vers l'or

L'ENQUÊTE EN 5 ÉTAPES

1 La première ruée vers l'or : la Californie

« De l'or ! de l'or ! » Le 24 janvier 1848, la première pépite d'or est découverte en Californie. La nouvelle se répand comme une traînée de poudre, provoquant « le plus grand mouvement de population depuis les croisades », écrit l'historien Théodore H. Hittell en 1897.

● QU'EST-CE QUE LA RUÉE VERS L'OR ?

La ruée vers l'or, ce sont des milliers d'hommes qui se mettent en route, quittant leur profession, leur région natale, souvent leur pays. Ils viennent de toutes parts, appâtés par le précieux métal jaune et rêvant de faire fortune. Ces populations pauvres écrivent donc une petite partie de l'histoire de l'émigration, laquelle va contribuer à la naissance des grandes villes nord-américaines.

Le *Californian* du 29 mai 1848

« Tout le monde nous quitte, lecteurs et imprimeurs. De San Francisco à Los Angeles, du bord de mer aux contreforts de la Sierra Nevada, le pays tout entier retentit du cri sordide : "De l'or, de l'or !", tandis que le champ reste à demi planté, la maison à demi construite, et que tout est négligé à l'exception de la fabrique des pelles et des pioches. Force nous est d'interrompre notre publication. »

Annonce pour une compagnie d'exploitation des mines d'or en Californie, publiée dans Le Charivari *du 4 septembre 1850.*

● EN ROUTE VERS LA CALIFORNIE

Après la découverte du gisement d'or de Fort Sutter[1], à la fin de l'été 1848, presque tous les villages de Californie se vident : forgerons, fermiers, maçons, boulangers, soldats... émigrent vers les placers[2]. Bientôt arrivent Chiliens, Mexicains, Argentins, Boliviens, Chinois. La fièvre gagne l'Europe où éclosent d'innombrables compagnies privées pour l'émigration. Les Européens passent par le cap Horn et débarquent à San Francisco après six mois de voyage éprouvant, mais c'est la route la moins chère. Bourgade de 500 habitants à l'origine, San Francisco devient une grande ville en quelques années. De 1848 à 1849, 76 tonnes d'or sont extraites en Californie.

James W. Marshall trouve la première pépite d'or dans la scierie de Sutter.

1. Fort Sutter : domaine du Suisse John Sutter. La découverte d'or sur ses terres ne lui portera pas chance : ses champs de blé sont pillés, son bétail abattu, la propriété de ses terres lui est contestée par les émigrants. C'est sa vie, romancée, que Blaise Cendrars raconte dans *L'Or* (voir Textes et images p. 169).
2. Placers : gisements d'or.

2 La deuxième ruée vers l'or : le Klondike

Des terres chaudes de la Californie au Grand Nord canadien : cinquante ans plus tard, une nouvelle ruée vers l'or jette sur la route du Klondike des milliers de personnes, enfiévrées elles aussi par le rêve de l'Eldorado.

● DEUX BATEAUX À SAN FRANCISCO

Le 14 juillet 1897, l'*Excelsior* accoste à San Francisco. À son bord, une quinzaine de prospecteurs loqueteux qui transportent une tonne d'or. Le télégraphe transmet aussitôt la nouvelle à toute l'Amérique.

Le second bateau, le *Portland*, touche quai trois jours plus tard à Seattle. Sur sa passerelle, soixante-quinze mineurs chargés de deux tonnes

1898 : le S.S. Queen *quitte Seattle, chargé de chercheurs d'or.*

d'or : une fortune. Tous veulent partir et, de nouveau, villes et campagnes se dépeuplent.

• LA RUÉE VERS L'OR DU KLONDIKE

L'histoire recommence donc : quittant la Californie, New York, Chicago, le Montana, le Colorado..., des milliers d'hommes se mettent en route vers le Klondike, bientôt rejoints par des Européens et des Australiens. Sur les bords du Klondike, rivière canadienne affluent du fleuve Yukon, s'écrit alors une page d'histoire, celle de la plus grande ruée vers l'or jamais connue. « La dernière grande aventure », diront certains en évoquant cet épisode de l'histoire du Canada et de l'Alaska, territoire devenu américain en 1896.

Parmi les 40 000 aventuriers partis de San Francisco pour le Klondike et Rabbit Creek[1] (la rivière du Lapin) durant l'été 1897, un jeune homme de vingt ans : Jack London.

L'aventure va durer jusqu'à l'été 1898. À partir de cette date, la population de Dawson City[2] (près de 30 000 habitants en 1898), va rapidement décroître pour ne plus se chiffrer, en 1906, qu'à 9 000 habitants.

Où se trouve l'or ?

L'or se trouve dans les fleuves et les rivières et, plus précisément, dans ce qu'on appelle des placers, plages de graviers aurifères. L'or s'y trouve sous forme de paillettes ou de pépites, selon la grosseur des particules trouvées. Mélangées au sable des rivières, elles proviennent de la désagrégation de filons. C'est à l'aide d'un récipient appelé *batée* que les chercheurs d'or (autrement appelés orpailleurs[3]) font le tri entre le sable et le précieux métal. En faisant tourner la batée, ils évacuent à la périphérie du récipient les particules légères, tandis que l'or, plus lourd, reste au fond.

Mais la technique de la batée n'est pas la seule. Des entreprises prennent souvent le relais et extraient l'or à l'aide de machines imposantes.

1. Rabbit Creek : le premier lieu où, le 16 août 1896, un nommé Carmack découvre vingt onces d'or (soit un peu moins de 600 g).

2. Dawson City : située au confluent du Yukon et du Klondike, cette ville canadienne est le centre de la ruée vers l'or du Klondike.

3. Orpailleur : terme issu du croisement entre l'ancien français *harpailler*, « saisir » et le mot *or*.

3 Quelles sont les routes qui mènent au Klondike ?

L'itinéraire vers le Klondike est retranscrit assez fidèlement par Jack London dans son roman. C'est sur les plages de Skagway ou de Dyea, en Alaska – donc sur le territoire américain et non pas canadien –, que débarquaient d'abord la plupart des prospecteurs.

● PAR TERRE...

À partir de là, deux voies sont possibles pour rejoindre Dawson City et le bassin aurifère du Klondike : ou bien passer par la piste du col Chilkoot (Chilkoot Pass), au-dessus de Dyea, située à plus de 1 000 m d'altitude ; ou bien emprunter la piste du Col blanc (White Pass), au-dessus de Skagway, moins élevée. Après quoi, arrivés dans le Yukon canadien, à la source du fleuve du même nom, les prospecteurs devaient construire des embarcations de fortune, sur lesquelles ils descendaient le fleuve jusqu'à Dawson City (800 km environ)[1].

Rue principale de Dawson City en 1898, durant la ruée vers l'or du Klondike.

1. Voir carte p. 12.

● … OU PAR MER

D'autres milliers de prospecteurs prennent le chemin de la mer : des bateaux à vapeur remontaient les côtes de la Colombie-Britannique jusqu'à l'embouchure du Yukon. Le trajet ? 2 600 km, avec le risque, s'ils partaient trop tard dans la saison, d'être pris au piège par les glaces en Alaska, près de Fort Yukon. Il fallait alors partir à leur secours.
Le détour par la mer eut aussi un côté positif : de nouveaux gisements d'or furent en effet découverts à Nome et à Saint-Michael, près de l'estuaire du Yukon, bien loin du Klondike.

Jack London au Klondike

Le 25 juillet 1897, Jack London quitte San Francisco. Le 7 août, il arrive à Dyea, le 30 il franchit la Chilkoot Pass, avant les premières neiges. Sur un bateau construit avec quatre camarades, il se lance sur le Yukon. À plus de cent kilomètres en amont de Dawson, ses amis et lui s'installent dans des cabanes abandonnées et commencent à prospecter. Après trois jours, ils se rendent à Dawson pour enregistrer leur concession, c'est-à-dire prendre possession légalement du bout de terrain sur lequel ils prospectent, comme le faisaient tous les chercheurs d'or.
Le bilan de cette aventure ? Un an plus tard, London, malade, vendra son peu d'or pour quatre dollars et cinquante cents…

Un steamer décharge du frêt à Wrangell (Alaska) durant les premières années de la ruée vers l'or du Klondike.

4 Quelles étaient les conditions de vie des voyageurs ? Comment assurait-on leur sécurité ?

Des deux seules routes terrestres qui mènent à Dawson, celles de la Chilkoot Pass et de la White Pass, voici ce que disait à l'époque une carte géographique au candidat à la richesse : « Quel que soit le chemin que vous avez emprunté, vous regretterez de ne pas avoir choisi l'autre. »

● L'ENFER DE LA CHILKOOT PASS

Une montée en enfer que l'ascension du col Chilkoot : la piste, située à plus de 1 000 m d'altitude, taillée dans la glace, présente sur les 800 derniers mètres une pente si raide que les chiens, incapables de la gravir, doivent être portés à dos d'homme[1].

De plus, pour éviter la famine, la Police montée canadienne contraint chaque arrivant à porter avec lui une tonne de matériel et de nourriture[2] (de quoi tenir pendant une année), ce qui oblige les hommes à faire l'ascension une vingtaine de fois, à raison de 25 kg par voyage. Cependant, quelque 22 000 prospecteurs réussiront à franchir la Chilkoot Pass durant l'hiver 1897-1898, calvaire qui a fait entrer la ruée vers l'or du Klondike dans la légende.

● UN AUTRE ENFER : LA WHITE PASS

Moins élevée et plus longue que la Chilkoot Pass, et au premier abord plus aisée, la piste du Col blanc est un chemin plus dangereux encore, jalonné de précipices, de lits de rivières à traverser, de pentes se transformant en fleuves de boue à l'automne, encombré de blocs de pierre sur lesquels les chevaux se brisent les pattes. Au point que la White Pass fut surnommée le Dead Horse Trail, la « piste du cheval mort » : 3 000 chevaux y périrent durant la ruée vers l'or du Klondike.

1. Ascension évoquée par Jack London dans *Une fille des neiges* (1902).
2. Les prospecteurs emportaient pour l'essentiel des sacs de haricots, du bœuf salé et des conserves de fruits pour lutter contre le scorbut, maladie due à l'insuffisance de vitamine C dans l'alimentation.

Chercheurs d'or et leur matériel à la Chilkoot Pass en 1897.

Klondike Kate

La Police montée du Nord-Ouest embauchait aussi des femmes : la première d'entre elles, Katherine Ryan, était connue sous le surnom de *Klondike Kate*. Une femme de caractère, qui fut aussi inspectrice des mines, entrepreneur et militante politique. Sa devise ? *I wasn't built for going backwards. When I once step forward, I must go ahead* (« Je n'ai pas été créée pour reculer. Quand je fais un pas en avant, je dois aller de l'avant »).

● LA SÉCURITÉ DES VOYAGEURS

L'or attirant les convoitises, le risque majeur, après le cauchemar du trajet et le froid (l'hiver, la température avoisine – 30 °C et peut tomber à – 50 °C), était les bagarres entre prospecteurs. C'est la Police montée canadienne[3], créée en 1873 pour inspecter à cheval les territoires du Nord-Ouest, qui va faire régner l'ordre au Klondike et surveiller la frontière entre le Yukon et l'Alaska assaillie par les chercheurs d'or. Pour assurer la sécurité de la population et le respect de la souveraineté canadienne, l'entrée des armes sur le territoire est restreint. Ce qui explique que la ruée vers l'or du Klondike – la plus impressionnante qui ait existé – a aussi été la plus pacifique.

3. Ses agents, les *mounties*, célèbres pour leur veste rouge et leur chapeau à « quatre coups de poing », qu'ils troquent en hiver contre un bonnet de fourrure, contrôlent le col Chilkoot, ne laissant passer que ceux qui amènent avec eux la tonne de matériel et de nourriture requise.

La Ruée vers l'or

Réalisé par Charles Chaplin en 1925, The Gold Rush *raconte l'histoire des chercheurs d'or dans le Klondike en 1898. Charlot, chercheur d'or solitaire pris dans une tempête de neige, se réfugie dans la cabane d'un bandit recherché par la police, Black Larsen. Il est sauvé par l'arrivée d'un autre prospecteur, Jim McKay. Tous les deux vont alors vivre de nombreuses aventures dans la neige du Klondike.*
Dès les premiers plans, le film montre la file ininterrompue des hommes en train de gravir la piste glacée de la Chilkoot Pass. La réalisation des décors enneigés (le film fut tourné en studio), nécessita 6 tonnes de plâtre, quantité colossale à l'époque. Autres scènes célèbres du film : celle de la danse des petits pains, celle où Charlot partage avec un autre chercheur d'or une chaussure pour le dîner, celle de la cabane suspendue au bord du précipice par une tempête de neige.

La Ruée vers l'or (The Gold Rush) *de Charles Chaplin, 1925, avec Charles Chaplin.*

5

Quelles sont les autres ruées vers l'or ?

De l'or, au XIXe siècle, on en trouve aussi en Russie, en Australie, en Afrique du Sud. En 1980, un siècle après celle du Klondike, une ruée vers l'or enflamme le Brésil. Et aujourd'hui encore, sur toute la planète, d'innombrables mineurs et prospecteurs indépendants grattent le sol à la recherche du précieux métal jaune dont le mirage n'est pas près de s'éteindre.

• L'OR DE SIBÉRIE

Dès 1847, la Russie, grâce aux gisements d'or situés autour du lac Baïkal, en Sibérie, devient le premier producteur mondial d'or. En 1894, elle produit 42 tonnes d'or, mais l'exploitation des filons est limitée par la rudesse du climat et les difficultés techniques. À l'époque, sous les tsars, ce sont des forçats qui extraient l'or. Dans les années 1930, la découverte de nouveaux gisements déclenche une ruée vers l'or, mais strictement organisée et contrôlée par les autorités soviétiques (à la différence de ce qui s'était produit en Californie et au Klondike). Au milieu du XXe siècle, la Russie était l'un des premiers producteurs d'or du monde.

• L'OR D'AUSTRALIE

Au milieu du XIXe siècle, des gisements d'or sont découverts dans le bassin de la rivière Macquarie, en Nouvelle-Galles-du-Sud, et dans l'État de Victoria (champs d'or de Ballarat et de Bendigo). Puis, en 1892 et 1893, des champs d'or sont mis au jour à Coolgardie et à Kalgoorlie dans l'Ouest australien, désertique et inhabité, que des compagnies londoniennes vont mettre en valeur[1]. Plus d'un million d'immigrants affluent alors vers le pays des kangourous, qui, grâce à l'or, sort du sous-développement et devient une puissance mondiale.

• L'OR D'AFRIQUE DU SUD

La ruée vers l'or d'Afrique du Sud, autre ancienne colonie britannique, est antérieure de 10 ans à celle du Klondike puisque c'est en 1886 que sont découverts les gisements du bassin de Witwatersrand[2], les

1. Ici encore, à la différence des ruées de Californie et du Klondike, les mineurs sont encadrés par des commissaires au gouvernement qui leur délivrent les concessions et à qui ils doivent payer des taxes.
2. C'est sur l'emplacement d'un de ces gisements qu'est fondée, en 1886, la ville de Johannesburg.

plus riches du monde. Très vite l'exploitation échappe aux prospecteurs indépendants et de grandes sociétés s'emparent des gisements.
Les mines d'Afrique du Sud sont les plus profondes au monde. L'essentiel de l'or se trouve en effet dans les *reefs*[1], qui peuvent descendre jusqu'à 4 000 m de profondeur : les mineurs y travaillent à genoux, dans une chaleur suffocante (jusqu'à 60 degrés), au péril de leur vie.
Avec une production de 400 tonnes par an, l'Afrique du Sud est aujourd'hui le premier producteur mondial d'or.

• L'OR D'AMAZONIE

En février 1980, à l'annonce de la découverte d'énormes pépites d'or dans une grotte de la Serra Pelada[2], en pleine forêt amazonienne, des dizaines de milliers de *garimperos*[3] accourent pour fouiller les flancs de la montagne, malgrré la chaleur écrasante, les moustiques, les serpents. Les images des *garimperos* couverts de boue gravissant comme des fourmis les parois escarpées de la mine, sacs de terre sur le dos, offrent une version tropicale moderne de la ruée vers l'or du Klondike[4].

Être chercheur d'or aujourd'hui

Aujourd'hui, la grande aventure des ruées vers l'or est terminée et ce sont désormais des banques, des compagnies nationales ou privées qui exploitent les gisements, transformés en mines d'or. Cependant, des particuliers se lancent encore dans l'aventure pour leur propre compte et font de la recherche de l'or une sorte de loisir, parfois lucratif. Car de l'or, on en trouve un peu partout – même si c'est en faible quantité. En France, par exemple, de nombreux orpailleurs connaissent les ruisseaux et les rivières où l'on peut extraire des paillettes ou des pépites d'or. Ils proposent même des stages qui permettent de se familiariser avec la technique de l'orpaillage.
En suivant les liens proposés à la fin du livre, tu pourras visiter quelques-uns de leurs sites.

1. ***Reefs*** : veines de deux à trois cm de large, qui renferment les particules d'or.
2. Montagne située dans l'État de Parà au nord du Brésil.
3. ***Garimperos*** : chercheurs d'or en portugais.
4. Ces images ont fait le tour du monde. Voir en particulier le travail du photographe brésilien Sebastião Salgado.

Mine d'or de la Serra Pelada au Brésil : durant presque cinq ans, 80 000 hommes, esclaves volontaires, vont extraire 50 tonnes d'or des entrailles de la montagne. Photographie de H. Collart.

Petit lexique littéraire

Auteur Celui qui compose le récit, la nouvelle ou le roman.

Analepse Elle correspond à un retour en arrière, au récit d'une action qui appartient au passé. Ce procédé consiste à raconter après coup un événement. On peut également parler de flash-back, selon un terme emprunté au vocabulaire du cinéma.

Caractérisation Ensemble des attributs (apparence, costumes, etc.) et des comportements (actions, gestes, etc.) qu'un auteur attribue à un personnage pour le rendre vivant, crédible.

Chute Fin d'une histoire, conclusion d'un récit.

Discours direct Dans un dialogue, transcription exacte des paroles prononcées ou écrites par une tierce personne.

Discours indirect Il rapporte les paroles de quelqu'un. Ces paroles dépendent alors d'un verbe introducteur (*dire, s'exclamer, ajouter*...) ; les signes du discours direct (ponctuation, tirets, guillemets...) disparaissent. On modifie également certains pronoms, le temps des verbes des propositions subordonnées, pour respecter la concordance des temps.

Discours indirect libre Il modifie les paroles pour les intégrer au récit mais il conserve leur expressivité. Comme au discours direct, il n'y a pas de subordination au récit et la ponctuation varie selon l'intonation. Comme au discours indirect, on modifie les pronoms, le temps et les connecteurs après un récit au passé.

Incipit Début d'un récit.

Narrateur	Celui qui prend en charge le récit. Il ne crée donc pas l'histoire mais se contente de raconter ce que veut transmettre l'auteur à son lecteur.
Personnage	Inspiré ou non d'une personne réelle, le personnage est un être de papier inventé par l'auteur et dont l'histoire est racontée dans le récit.
Péripéties	Événements importants et imprévus qui font rebondir l'action et accélèrent le dénouement. Les péripéties sont nombreuses dans le roman d'aventures.
Récit	Le récit n'est pas l'histoire, mais la façon dont l'histoire est racontée. D'une même histoire, on peut faire mille récits différents.
Récit animalier	Récit dont le ou les protagonistes sont des animaux. En littérature, on pense aux fables, aux contes, mais aussi aux roman ou à certaines pièces de théâtre.
Roman d'aventures	Roman dans lequel l'action domine et dont le héros, partant en voyage volontairement ou contre son gré, découvre des lieux exotiques.
Roman d'apprentissage	Autrement appelé roman initiatique ou roman de formation, il permet de suivre le parcours d'un héros, souvent jeune, jusqu'à l'âge adulte.
Schéma narratif	On appelle schéma narratif les différentes étapes du récit, de la situation initiale à la situation finale, en passant par les péripéties.

À lire et à voir

● POUR MIEUX CONNAÎTRE JACK LONDON

http://www.jack-london.fr/

Un site entièrement consacré à l'écrivain américain. Très utile pour faire le point sur la biographie du romancier et l'ensemble de ses œuvres parues en français.

● AUTRES RÉCITS DE LONDON CENTRÉS SUR LE GRAND NORD OU LA RUÉE VERS L'OR

Les deux terres d'inspiration de London furent le Grand Nord et les mers du Sud. Parmi les nombreux récits consacrés aux terres glacées du Nord, on pourra lire ou relire :

Croc-Blanc, LE LIVRE DE POCHE, 2002

Autre roman célèbre de London autour du Grand Nord et des chiens-loups, sorte de négatif de *L'Appel sauvage*, puisque le parcours, ici, conduit un loup à connaître la civilisation et à devenir un chien.

Une fille des neiges, PHÉBUS, COLL. LIBRETTO, 2007

Premier roman de London. Paru en 1902, il se déroule pendant la ruée vers l'or du Klondike et évoque la rude existence des prospecteurs dans le Grand Nord. Il annonce *L'Appel sauvage*.

Les Enfants du froid, PHÉBUS, COLL. LIBRETTO, 1999

Recueil de nouvelles, racontées du point de vue des Indiens. De la nouvelle *La Ligne des vieux*, London dira qu'il s'agissait de la meilleure qu'il eût jamais écrite.

Construire un feu, PHÉBUS, COLL. LIBRETTO, 2007

Sept nouvelles autour du Grand Nord. Dans celle qui donne son titre au recueil, un homme lutte désespérément contre le froid et la mort.

Radieuse Aurore, PHÉBUS, COLL. LIBRETTO, 2005

Le dernier roman de London, peut-être son chef-d'œuvre. Un chercheur d'or qui fait fortune, devient un as de la finance et puis renonce à la richesse pour cultiver son jardin.

POUR APPROFONDIR L'HISTOIRE DE LA RUÉE VERS L'OR DU KLONDIKE

http://www.virtualmuseum.ca/Exhibitions/Klondike/Francais/startgame_fr.html

Excellent site canadien qui propose un très beau parcours pédagogique centré sur la ruée vers l'or du Klondike.

http://www.canadianmysteries.ca/sites/klondike/home/indexfr.html

Autre site canadien de qualité qui, lui, insiste davantage sur les débuts de la recherche de l'or et tente de faire le point sur les premiers découvreurs du métal jaune dans le Klondike.

http://www.lib.washington.edu/specialcoll/exhibits/klondike/case7-8.html

Site américain qui propose de belles photos d'époque.

SUR LES CHERCHEURS D'OR ET LES TECHNIQUES DE LA BATÉE

http://www.orpaillage.fr/maniement/maniement.html

http://orpailleur.free.fr/batee.php

Deux sites français où vous pourrez voir des photos ou des images sur les techniques de prospection à l'aide d'une batée.

FILMS ÉVOQUANT LA RECHERCHE DE L'OR

La Ruée vers l'or (The Gold Rush), FILM MUET DE CHARLES CHAPLIN (1925)

Avec Charles Chaplin, Mack Swaim, Tom Murray, Georgia Hall...

Voir l'encadré consacré au film dans L'enquête, page 175.

Le Trésor de la Sierra Madre, FILM DE JOHN HUSTON (1948)

Avec Humphrey Bogart, Tim Holt, Walter Huston.

Film inspiré du roman de B. Traven.

Dans le Mexique des années 1920, trois aventuriers américains découvrent un filon d'or dans l'inaccessible Sierra Madre. C'est alors que la « fièvre de l'or » s'empare de l'un d'entre eux.

Les Mines du roi Salomon, FILM D'ANDREW MARTON ET CAMPTON BENNETT (1951)

Avec Deborah Kerr, Stewart Granger...

À la fin du XIXe siècle, trois aventuriers se lancent en Afrique à la recherche du pays biblique d'Ophir et des légendaires mines d'or du roi Salomon.

La Fièvre de l'or (Mother Lode), FILM DE CHARLTON HESTON (1982)

Dans les montagnes de Colombie-Britannique, un homme et une femme partis à la recherche d'un ami disparu découvrent un vieux chercheur d'or, prêt à tout pour protéger son filon.

Pale Rider, film de Clint Eastwood (1985)

Avec Clint Eastwood.

Les derniers chercheurs d'or indépendants de LaHood, bourgade minière de Californie, sont harcelés par les hommes de main du puissant Coy LaHood, fondateur de la ville, qui cherche à récupérer leurs concessions. C'est alors que descend de la montagne un cavalier solitaire tout de noir vêtu...

● **FILMS TIRÉS DU ROMAN DE JACK LONDON**

L'Appel de la forêt, film américain de William Wellman (1935)
Avec Clark Gable dans le rôle de John Thornton.

L'Appel de la forêt, film britannique de Ken Annakin (1972)
Avec Charlton Heston dans le rôle de John Thornton.

L'Appel de la forêt, film canadien de Peter Svatek (1997)
Avec Rutger Hauer dans le rôle de John Thornton.

Table des illustrations

2, 7	ph © Archives Hatier
8	ph © AKG Paris
15	ph © Mary Evans Picture Library / Eyedea
23	Coll. Kharbine-Tapabor
70	ph © Bettmann / Corbis
87, 119, 143	ph © Mary Evans Picture Library / Eyedea
151	ph © Archives Hatier / BNF, Paris
171	ph © M.Nicholson / Corbis
176	Coll. Grob / Kharbine – Tapabor
177	ph © Bettmann / Corbis
178	ph © Museum of History and Industry / Corbis
179	ph © Archives Hatier
180	ph © Hulton-Deutsch Collection / Corbis
181, 183	ph © Corbis
184	Coll. Prod DB / United Artists / DR
187	ph © H. Collart/Sygma/Corbis

et de la page 146 à la page 173 : ph © Archives Hatier

Iconographie : Hatier Illustration
Principe de maquette : Marie-Astrid Bailly-Maître et Sterenn Heudiard
uivi éditorial : Luce Camus
strations intérieures : Emmanuel Cerisier
en pages : Facompo

Achevé d'imprimer par CPI Black Print - Espagne
Dépôt légal 93969-3/10 - Décembre 2021